殺意の輪郭

猟奇殺人捜査ファイル

麻 見 和 史

朝日文庫

初出「web TRIPPER」
二〇二四年三月五日～六月四日

目次

殺意の輪郭

猟奇殺人捜査ファイル

第一章　土中の溺死

1

つい先日、桜の開花をニュースで見たような気がする。

しかし気がつくと、近所にある並木道はもうすっかり葉桜だ。結局、今年もゆっくり花見をする機会はなかった。考えてみれば、足を止めて桜の花を見上げることさえなかったのではないか。

最後に花見をしたのはいつだっただろう。記憶をたどっていくと、大学のころまで遡《さかのぼ》ってしまった。学生時代は余裕があったから、レジャーシートを敷いて友達と何時間でも酒を飲むことができた。だが、就職してからは誰も彼も忙しくなった。

いや、一番忙しいのは自分かもしれない、と尾崎隆文《おざきたかふみ》は思う。

いざ呼び出されたら、そのまま一カ月ほど泊まり込みになることもある。仕事に集中している間は食事も不規則だし、睡眠時間にも制約が生じる。常に緊張感を保たなくてはならず、気を抜く暇がない。正直きついと思ったこともあったが、数年で平気になった。心も体も、そういう生活に慣れてしまったのだろう。

南千住《みなみせんじゅ》駅前の交差点で信号待ちになった。なんとはなしに、辺りに目をやる。眠そうな会社員や中学生、高校生の姿が目に入った。

右手のほうから自転車がやってきた。高校生らしい少年がペダルを漕《こ》いでいる。それはいいのだが、うしろに同じぐらいの歳《とし》の少女を乗せていた。

「こらあ、危ない。二人乗りしないよ」

おどかさない程度に声をかけた。少年は慌ててブレーキをかける。少女はスカートの裾《すそ》を翻《ひるがえ》して自転車から飛び降り、「すみませーん」と尾崎に詫《わ》びた。それから少女は少年の背中を手のひらで強く叩《たた》き、恥ずかしそうに小走りで去っていった。少年は呆気《あっけ》にとられたようだったが、自転車を引いて少女のあとを追いかけた。

彼らにとって二人乗りはいつものことかもしれないが、尾崎としては立場上、放っておけなかった。自転車だからといって甘く見ていると、大怪我《けが》をすることがある。そういう事案が増えていると、交通課の同僚からも聞いている。

腕時計に目をやった。四月十五日、午前七時五分。

スーツのポケットから定期券を取り出す。自宅に近いこの駅から職場まで、電車で約三十分というところだ。よし、今日も予定どおりだなと思いながら、尾崎は改札を通ろうとした。

そのとき、ポケットの中でスマートフォンが振動した。

尾崎は鉄道利用客たちの列を外れ、改札機から離れて液晶画面を確認する。表示されているのは《加治山秀雄《かじやまひでお》》という名前だ。通話ボタンを押して応答した。

「はい、尾崎です」

「今、話せるか」聞き慣れた班長の声だった。

「大丈夫です。……何かありましたか？」

この時間に班長から電話がかかってきたのだ。ただの連絡事項ではないだろう。

「三好《みよし》二丁目で殺しだ。男性の遺体が見つかった。現場は異様な状態らしい」

それを聞いて尾崎は眉をひそめた。

「異様、というと？」

「殺害方法がまともではないそうだ」加治山は少し考える様子だったが、じきに言葉を継いだ。「詳しい場所はすぐメールで送る。現場で落ち合おう」

「わかりました。急ぎます」

電話を切ってから、尾崎は深呼吸をした。

管内で殺人事件が起こったという。忌《い》むべきこと、悲しむべきことだが、残念ながら毎日どこかで事件は発生している。そして、そういうときのために自分たち警察官がいる。今まで見てきた数多くの遺体を思い出して、尾崎は表情を引き締めた。

事件現場の状況を想像しながら、尾崎は駅の改札を通り抜けた。

木場《きば》駅からタクシーに乗った。

運転手はのんびりした性格のようだったが、目的地付近に数台停《と》まっているパトカーを見て、さすがに驚いていた。

「何かあったんですかね」怪訝《けげん》そうな顔をして尾崎に尋ねてくる。

「ここでけっこうです」尾崎は札を差し出した。「レシートをもらえますか」

車を降りて、尾崎はパトカーのほうに近づいていった。

小ぎれいな民家やマンションの並ぶ住宅街の一画だ。近所の住人や通行人が大勢集まっている。彼らが見つめているのは、古びた二階建てのアパートだった。当初は白かったであろう壁は、長年の風雨であちこち汚れてしまっている。前庭には雑草が生えていた。どうやら、廃アパートのようだ。閉鎖されてから、少なくとも数年は経っているだろう。

最近、都内にはこの手の廃屋が確実に増えてきている。高度経済成長期だのバブルだの、景気のよかった時代はずいぶん昔のことだ。儲《もう》かっているところは儲かっているのだろうが、一方で生活苦に悩む者もいる。所轄にいると、そういう人たちの声がよく聞こえてくる。

廃アパートの門には黄色い立入禁止テープが張ってあった。尾崎は知り合いの制服警官に近づき、声をかけた。

「お疲れさま。もう誰か来ているかな」

「ああ、尾崎係長」制服警官は姿勢を正した。「機動捜査隊は近隣で情報収集をしています。建物の裏には刑事課の方が何名か」

「ありがとう。見せてもらうよ」

「どうぞ」

尾崎は両手に白手袋を嵌《は》める。いつ何があるかわからないから、常に鞄《かばん》の中に一組入れてあるのだ。

テープをくぐって、アパートの敷地に入った。ペットボトルやレジ袋が落ちている前庭を通って、建物に近づいていく。

雑草ばかりになった花壇の横を通り、建物の裏に回り込んだ。前方にブルーシートで囲まれたスペースがあった。外から見た感じ、広さは四畳半の部屋ぐらいだろうか。

シートのそばで、スーツ姿の男女が何か話し込んでいる。ふたりは尾崎に気づいて、話を中断したようだ。

「遅くなりました」尾崎は会釈をして、男性に話しかけた。「ここですね」

「ああ。二年ほど前から誰も住んでいないそうだ。こういう建物は犯罪者に目をつけられやすい」

ストライプ柄のネクタイに灰色のスーツ。若者のようにシャープなデザインを好むその男性は、尾崎の直属の上司だった。

深川《ふかがわ》警察署刑事課の加治山班長だ。歳は四十五で、強行犯関連の捜査を長く担当している。尾崎は今三十七だから、かなり年上の先輩ということになる。

加治山班長はいつもの癖で、眉間に皺《しわ》を寄せていた。機嫌がよくても悪くても、彼はこういう顔をすることが多い。事件の現場では特にそうだ。

「お疲れさまです」そばにいた女性捜査員が言った。「ほかのメンバーはまだ到着していません」

ショートカットにした髪に、少し吊《つ》り上がり気味の目。くっきりした眉が知的な印象を強めている。スーツは紺色だ。警察官なので化粧は薄めだが、それでも服装を変えればモデルかタレントのように見えるだろう。身長百八十センチの尾崎が少し見下ろすぐらいだから、女性としてはかなり背が高いほうだと思われる。

同じ加治山班の広瀬《ひろせ》佳純《かすみ》巡査部長だ。四月初めに、赤羽《あかばね》署から異動してきた捜査員だった。

「広瀬、早いな」

尾崎がそう言うと、彼女はこちらに向かって一礼した。

「ありがとうございます、尾崎係長。私は比較的、家が近くでしたから」

「……そんな喋《しゃべ》り方をしなくてもいいよ。歳は同じなんだろう？」

「そういうわけにはいきません。尾崎係長のほうが、階級は上です」

「でも実際には君のほうが一年先輩だよな」

広瀬は尾崎と同じ三十七歳だった。尾崎は一年浪人して大学生になったから、彼女は一年早く警視庁に入ったのだ。だがその後、尾崎のほうが先に警部補に昇任したので、現在では立場が逆転している。

「だからさ、あまり気をつかわないでくれ」

「いえ、やはり階級が大事です。警察はそういう組織ですので」

「君は真面目だな」

尾崎が言うと、広瀬は黙ったまま再び頭を下げた。

軽くため息をついてから、尾崎は加治山のほうを向いた。

「まいったよ」加治山は渋い顔をして言った。「こんな厄介な事件は初めてだ」

「ご遺体はその中ですね？」

「驚くぞ」加治山は顎をしゃくった。「こっちだ。見てみろ」

ブルーシートをめくって、加治山は事件現場に入っていく。尾崎があとに続き、最後に広瀬がついてきた。

シートの中で鑑識係員がメモをとっていた。彼は尾崎たちに気づいて一礼をした。

もともと地面は雑草に覆われていたようだが、一部が掘り返された痕があった。ちょうど人間ひとり分、つまり棺桶《かんおけ》ひとつ分ぐらいの穴がある。深さは五十センチほどだろうか。

その穴のそばに、全身土まみれの遺体が横たえられていた。三、四十代の男性ではないだろうか。茶色のズボンにシャツ、その上に薄緑色のジャンパーを着ている。腹の前できちんと両手を揃《そろ》えているのが奇妙だった。しゃがみ込んで確認すると、彼は左右の手をワイヤーで縛られていた。両脚も縛られ、自由を奪われているのがわかる。

男性は固く目を閉じていたが、顔の横に奇妙なものが置かれていた。長さ四十センチほどの細長い筒だ。白手袋を付けた手で、尾崎はそれに触れてみた。

「シュノーケル……ですよね？」

ダイバーが浅瀬などで使用するものだ。これを装着すれば、顔を水面に出さずに呼吸ができる。だが、どう見ても廃アパートの裏庭にあるのは不自然だ。

なぜこんなものが、と考えるうち、尾崎はあることに思い当たった。両目を見開いて、加治山の顔をじっと見つめる。

「まさか、被害者はこれで息をしていたんですか？」

「そうだったらしい。最初はな」

加治山は謎めいたことを言った。尾崎はさらに尋ねる。

「最初は、というと？」

「この男性は土の中で溺死《できし》していたんだ。そうだな？」

加治山は鑑識係員のほうを向いた。係員はうなずく。

「おっしゃるとおりです。掘り出されたとき、被害者は口にシュノーケルをくわえていました。おそらく、地面に埋められた被害者はシュノーケルでかろうじて息をしていたんでしょう。ところが、あるタイミングで犯人はシュノーケルに水を流し込んだ。その結果、被害者は呼吸ができなくなり、土の中で溺《おぼ》れ死んだ……」

尾崎は言葉を失った。あまりにも異様な状況を前にして、頭が混乱しかけている。

土の中からタケノコか何かのように、シュノーケルの先端が出ていたということだろうか。

「ひどい話だ……」尾崎はゆっくりと首を左右に振った。「しかし、なぜそんな面倒なことをする必要があったんですかね」

犯人はこの男性を激しく憎んでいたのかもしれない。だが恨みを晴らすにしても、あまりに手間がかかりすぎだと思える。

「変な話ですが、もし俺が犯人だったとしても、こんな馬鹿なことはしませんよ」

尾崎がそう言うと、加治山は諭すような口調になった。

「犯人のことは犯人にしかわからない。とにかく奴は実行したんだ。おそらくこの場所を下見し、いろいろなものを準備してきたんだろう。これは計画的な犯行だ」

尾崎は立ち上がり、辺りを見回した。ブルーシートで区切られたこのスペースには、ほかに目立ったものはない。

「何か遺留品は？」

「こんなものがありました。もう分析に回していますが」

鑑識係員はデジタルカメラの液晶画面を見せてくれた。そこには鉄製らしい鎖が写っていた。

「何に使う鎖だろう」尾崎は首をかしげる。

「わかりません。これが、遺体を埋めた場所の近くに落ちていたんです」

「もしかして、遺体の場所を知らせるため？」

「そうかもしれません」

「……それ以外には何もなかったのかな。シャベルとかバケツとか」

尾崎が訊《き》くと、広瀬が一歩前に出た。彼女は事務的な口調で答えた。

「シャベルもバケツも残っていませんでした。建物の近くに立水栓《りっすいせん》がありますが、水道は止められているので、水は犯人が用意してきたものと思われます」

「全部用意してきて、全部きれいに持ち帰ったということか」

「正確には、シュノーケルと鎖以外、全部です」

尾崎はもう一度遺体を見下ろしてから、あらためて広瀬に尋ねた。

「何か、この人の身元がわかるようなものはなかったか？」

「ポケットの中にメモがありました。作業指示書のようなものです」

「作業指示書？」

「そうです」広瀬はうなずいた。「運送会社の配送指示ではないかと」

「被害者は運送会社の社員ということか？」

「可能性はありますね。ただ、詳しく調べてみないことにはなんとも……」

「その件、誰かが調べてくれているんだよな？」

「のちほど担当者から報告があるはずです」

おそらく、このあとの捜査会議で報告されるのだろう。

あらためて遺体を確認していた加治山は、ひとつ唸《うな》ってから立ち上がった。「まいったな」といつもの口癖が出た。咳払《せきばら》いをしてから、彼は重々しい口調で言った。

「もうじき本庁の捜査一課が到着する。我々、深川署の刑事課はその指揮下に入る」

殺人事件など大きな犯罪が発生したとき、桜田門《さくらだもん》の警視庁本部から捜査一課のメンバーがやってくる。所轄署に捜査本部を設置して、本部と所轄が協力しながら捜査を進めていくことになる。

「じゃあ、受け入れの準備が必要ですね」

「ああ、まったく厄介なことになった。……署には連絡が行っている。俺たちはもう少し、ここで情報収集をする。いいな？」

「了解です」

尾崎は背筋を伸ばして答えた。自分の署に捜査本部が設置されるのは久しぶりだ。これから数週間、いや、場合によっては数カ月の間、いつも以上に忙しくなるだろう。

「しかし、困ったな」加治山が尾崎に渋い顔を見せた。「うちの班で、捜査が山場を迎えている事案があるだろう？　このタイミングで捜査本部の設置はきつい」

「とはいえ、殺しですから万全の態勢で取り組まないと」

わかっているよ、と加治山は言った。

「さっき刑事課長と電話で話したが、菊池《きくち》さんの班もこの捜査に投入されるそうだ。おまえの言うように万全の態勢になる」

「菊池班が捜査に入ってくれるなら安心です。頼り甲斐《がい》がありますね」

「他力本願じゃ困るぞ。おまえたちもしっかり捜査に当たれ」

「それはもちろん」

尾崎は深くうなずいてみせた。

加治山は腕時計を見たあと、何か思い出したという表情になった。

「ああ、そうだった。今日から尾崎には、広瀬と組んでもらう」

「彼女とですか?」

尾崎はまばたきをして、広瀬をちらりと見た。先に加治山から聞いていたのだろう、彼女の表情には特に変化はなかった。

「広瀬は今月うちの署に来たばかりだ。わからないことも多いと思う。尾崎はしっかり指導してやってくれ」

「わかりました。努力します」

班長に向かって尾崎は一礼する。広瀬はその様子を見ていたが、すぐにこちらへ近づいてきた。

「よろしくお願いします。非常に難しい事件のように感じますが、なんとしても解決しましょう」

「そうだな。こんなふざけた犯行は許せない」

「ふざけているかどうかはわかりませんが、なぜ犯人がこんなことをしたのか気になります。ぜひ理由が知りたいですね」

遺体を見下ろしながら広瀬は言った。

尾崎も同じ考えだった。犯人は時間をかけ、手間をかけて被害者を異様な方法で殺害した。普通ここまでするだろうか、という疑問が湧く。犯人と被害者の間にはどのような関係があったのだろう。

「会議の前に、できるだけ情報を集めよう」

尾崎は広瀬とともに、現場付近で聞き込みを始めた。

2

自分の進路について、尾崎は母親とは何も相談してこなかった。

だから尾崎が大学二年のとき、将来は警察官になるつもりだと話すと、母親はひどく驚いたようだった。

「あんた、そんなことを考えていたの」母親はまばたきをしながら尋ねてきた。「やっぱり、うちの家計のせい?」

尾崎が大学一年のときに父が他界し、母はパートの仕事でだいぶ苦労をしていた。大学の学費は奨学金でまかなえたが、尾崎も積極的にアルバイトをして家計を助けていたのだった。

「それもある。でも、それだけじゃないよ」尾崎は言った。「なんていうか……世の中全体への憤りみたいなものがあって」

「もしかして、けいちゃんのことを気にしているの？」

けいちゃんというのは母の姉の長女、つまり尾崎のいとこに当たる女性で、山城啓子《やましろけいこ》というのが本名だ。尾崎よりふたつ年下で、子供のころから法事などで会うことがあった。ひとりっ子だった自分にとって、啓子は仲のいい妹のような存在だった。

その啓子が高校二年生のとき、傷害事件に巻き込まれたのだ。学校の帰り、商店街を歩いているとき見知らぬ男に刃物で切りつけられた。幸い命に別状はなかったが、啓子の左腕には傷痕が残ってしまった。

警察はすぐに捜査を開始してくれた。防犯カメラの映像から、およその身長や衣服の特徴はわかったものの、男の正体を突き止めるには至らなかった。結局、事件は未解決のままとなってしまった。

のちにまた法事で再会したとき、啓子は明るく振る舞っていたようだが、何かの弾みに親戚の高齢者たちから事件の話が出た。大変だったねえ、と啓子に話しかける者もいた。彼女はトイレに行くと言って部屋を出ていったが、実は廊下でしゃがみ込んでいたのだ。痛むわけではないだろう。だが彼女は衣服の下の傷を、右手でさすっていた。何年経《た》っても、通り魔に襲われた恐怖は癒《い》えることがなかったらしい。

「もしかしてあんた、警察官になって犯人を捜すつもり？」

母親はそう尋ねてきた。まさか、と言って尾崎は首を左右に振った。

「もう時間が経っているし、無理だと思うよ。……でも、そうだね。チャンスはあるかもな。それに、けいちゃんを傷つけた犯人は見つからないとしても、ほかの犯罪者を捕まえることはできる」

「正義感に目覚めたってこと？」

「まあ、そう思ってもらってかまわないよ」

母との間に、そんなやりとりがあったのを覚えている。

決心したとおり、尾崎は大学を卒業したあと警視庁に入庁した。そして今では深川署の刑事課で働いている。当初は啓子を傷つけた犯人を見つけられるかも、とわずかな期待を持っていたが、それは現在も実現できていない。尾崎はずっと仕事に忙殺されていた。

そして今、これまでに経験したことのない凄惨な殺人事件が発生したのだった。

深川警察署に捜査本部が設置された。

所轄署は捜査一課のメンバーを迎え入れるため、さまざまな準備をしなければならない。まずは場所の確保だ。講堂に長机やホワイトボード、パソコンなどが運び込まれ、セミナールームのような体裁が整えられた。こういう作業は担当部署に任せておけばいいようなものだが、同じ署員なのだから放っておくわけにもいかない。尾崎や広瀬も、机のセッティングなどを手伝った。

ばたばたと準備を済ませ、捜査会議が始まったのは午前十時のことだった。

セミナーでいえば講師が座る場所、前方にある長机に、深川署の署長や刑事課長が着席している。その横にいるのは、桜田門の警視庁本部からやってきた捜査一課の係長だ。以前、ある事件で尾崎は彼と同じ捜査本部に所属したことがあった。

捜査一課五係の片岡史郎《かたおかしろう》係長は、椅子から腰を上げた。

「時間だな？　では、捜査会議を始めよう」

片岡は几帳面《きちょうめん》にネクタイの結び目を直しながら言った。以前から水玉模様を好む人で、今日も臙脂色《えんじいろ》の生地に白い水玉が散らばったネクタイだ。片岡はたしか現在四十八歳。長年強行犯事件を担当し、今では殺人事件の捜査本部を指揮する立場にある。

「捜査一課五係の片岡だ。本件捜査の指揮を執る。以後よろしく」咳払いをしたあと、彼は手元の資料をめくった。「本捜査本部では、深川警察署管内にて発生した廃アパートにおける男性の殺害・死体遺棄事件を担当する。すでに聞いている者もいるだろうが、現場の状況がかなり異様だ。難しい捜査になるかもしれん」

尾崎も片岡も同じ「係長」なのだが、所轄と本部では階級が違う。所轄の係長は警部補で、担当者として捜査をする立場だ。一方、本部の係長は警部で、ひとつの係を指揮する立場にある。この捜査本部では、尾崎たちは片岡からの命令で動くことになるのだ。

署長や刑事課の課長、その他の幹部たちを紹介したあと、片岡は捜査員たちをゆっくりと見回した。

「では事件の概要からだな。機捜はいるか？」

はい、と答えて機動捜査隊の隊長が立ち上がった。彼はメモ帳を見ながら捜査の報告を行った。

「本日午前六時五十分ごろ、一一〇番通報がありました。江東区《こうとうく》三好二丁目の空き家になったアパートで、誰かが死んでいるというもの。庭に埋められている、ということでした。これを受けて警察官が駆けつけたところ、裏庭に土を掘って埋め戻した形跡があり、地面からシュノーケルの先端が出ていました。また、近くに長さ三メートルほどの鎖が落ちていました」

「シュノーケルというのは、水に潜るとき使うものだな？」

片岡が尋ねた。そうです、と機捜の隊長は答える。

「配付された資料に写真が載っていますが、こういう、一般によく使われているタイプのシュノーケルです。地面を少し掘ってみたところ顔が見えて、男性が埋められているのがわかりました。それで警察官は応援を求めたという次第です」

「では、遺体の状態について説明を」

本部の鑑識課員や所轄の鑑識係員たちに向かって、片岡は言った。本部鑑識の主任が立ち上がる。

「現在わかっていることをお伝えします。被害者の頭部には打撲痕《だぼくこん》がありました。両手、両脚がそれぞれワイヤーで縛られており、被害者は溺死していました。推測されるのは以下のことです。犯人は被害者を鈍器などで殴打《おうだ》して昏倒《こんとう》させた。その間に両手、両脚をワイヤーで縛り、被害者を地面に埋めた。このときシュノーケルを口にくわえさせたんでしょう」

「被害者に意識はあったのか、なかったのか」

片岡に問われて、鑑識の主任は少し考える表情になった。やがて何かに気づいたようだ。

「……ああ、そうですね。途中で、被害者は意識を取り戻した可能性が高いと思われます。昏倒したままでは、シュノーケルをくわえさせることができなかったはずですから」

「そういうことだな」

片岡はうなずいたあと、鑑識から説明を引き継いだ。

「そこから先はこう推測される。……被害者は意識を取り戻したが、すでに身動きできない状態になっていて、そのまま埋められてしまった。シュノーケルでしばらくは呼吸ができていただろう。しかしあるタイミングで犯人は水を使った。現場の水道は止められていたから、おそらく自分で持ってきたものだ。犯人はシュノーケルの先端から水を流し入れた。そして地面の下にいる被害者を溺死させた……」

隣で広瀬が身じろぎするのがわかった。殺害の様子を思い浮かべたのだろう。

尾崎は資料に目を落としたまま、口を引き結んだ。頭に浮かんできたのは、拷問《ごうもん》という言葉だ。

被害者にとって、地面に埋められるというだけでも大変な恐怖だったに違いない。体には土の重みがかかり、ただでさえ苦しい状態だ。辺りは真っ暗で、耳に届いてくる音もない。いや、自分の心臓の鼓動だけは聞こえていただろうか。外界と繋《つな》がっているのは唯一、口にくわえた細い筒だけだ。かろうじて彼は息をすることができていた。

だがそこへ突然、水が注ぎ込まれたのだ。呼吸ができなくなり、彼は咳《せ》き込んだはずだ。進入してくる液体。それを吐き出そうとする被害者。だがそんな抵抗も虚《むな》しく、水は気管から肺へと流れ込んでいく。

ごぼ。ごぼり。

近づいてくる死。どうにかして逃れたい。だが彼は手も脚も、首さえも動かすことができなかったことだろう。

土の下で溺れ死ぬ理不尽さ、苦しさを尾崎は想像した。体が震えるような不快感があった。殺人犯への憤りで、気分が悪くなってくる。

「ところでこの被害者だが……」片岡が言った。「ポケットにメモがあり、つい先ほど身元が特定できた。手島恭介《てしまきょうすけ》、四十歳、運送業者。詳しくはこれから調べるが、全員、この名前を頭に入れておいてもらいたい」

片岡は被害者の名前をホワイトボードに書いた。捜査員たちはみな自分のメモ帳にそれを書き写す。

「現場の周辺について聞こうか」片岡は資料のページをめくった。「このアパートの裏……東側はどこかの会社の倉庫なのか？」

「そうです」機捜から返事があった。「また、北側は工事中の民家で、夜間は誰もいません。西側には庭木があり、外から見えにくくなっています」

「とはいえ、殺害してから長時間穴を掘るのはリスクが高い。犯人は事前に穴を掘っておいたんだろう。シャベルなどの道具類は車で運んできて、作業後に持ち帰ったと考えるのが自然だな。……現場付近で目撃情報は？」

「今のところはありません。引き続き情報収集を進めます」

「死後硬直が起こっていたことから、殺害されたのは昨夜だと考えられるな。まあ、これは解剖の結果待ちだ」

そうですね、と答えて機捜の隊長は頭を下げた。

片岡はしばらく手元の資料を確認していたが、やがて顔を上げた。

「ここまでで、何か疑問に感じたことはないか？」

彼は捜査員たちの顔を、左から右へと順番に見ていく。

沈黙を破って、加治山班長が「はい」と手を挙げた。片岡は彼のほうに目を向ける。

「深川署の加治山さんか。久しぶりだな。……意見をどうぞ」

加治山は立ち上がり、一礼してから口を開いた。

「警察官が駆けつけたとき、そこに通報者はいなかったんでしょうか」

「いなかった。現場には見当たらなかったそうだ」

「だとすると、ひとつわからないことがあります」加治山は小さく首をかしげた。「通報者はどうやって遺体に気づいたんでしょうか。もともと外からは見えにくい場所だったはずですし、もし覗《のぞ》き込んだとしても、鎖が見えたぐらいでしょう。仮に地面から出ているシュノーケルに気づいたとしても、それだけで事件だとは判断できないんじゃないでしょうか」

たしかに、と尾崎は思った。そんな状況で遺体があるとわかったのはなぜなのか。

「いい意見だ。俺もそのことが気になっていた」と片岡。

「可能性はふたつですね」加治山は続けた。「ひとつは、何か理由があって敷地内に入った者が鎖とシュノーケルを見つけ、遺体を発見したという可能性。しかし顔は土の下だったわけですから、そこに遺体があると気づくのは難しいはずです。……となると、もうひとつの可能性です。通報したのは犯人自身だったのでは？」

加治山の意見を聞いて、片岡は深くうなずいた。

「おそらく後者だろうな。犯人自身が通報した可能性が高い」

「理由が気になりますね」

「ああ。今後の捜査で、その点も明らかにする必要がある」

概要説明が終わると、片岡は別の資料を手に取った。

彼は刑事たちの名前を読み上げ、捜査の組分けを発表していった。片岡は捜査員ひとりひとりに声をかけていく。

「それから深川署刑事課、加治山班。……加治山さん、さっきはどうも。よろしく頼みます」

「全力を尽くします」

「捜査一課とコンビを組むのは菊池班のメンバーだ。人数の関係で、加治山さんたちは所轄同士でコンビになってもらう。……加治山さんと組むのは矢部《やべ》巡査だな。しっかり頼む」

「承知しました！」

スポーツ刈りの刑事が素早く立ち上がった。尾崎の後輩、三十歳の矢部耕太《こうた》だ。高校、大学と陸上競技をやっていたそうで、深川署刑事課の中では一番足が速いと言われている。

挨拶を終えて椅子に戻るとき、矢部は尾崎のほうに会釈をした。つい先日まで彼は尾崎の相棒だったのだ。だが班長の意向により、今日から組替えとなった。矢部は、今まで単独行動していた加治山班長と組むことになる。

「次に尾崎警部補と広瀬巡査部長」

片岡に呼ばれて、尾崎たちは椅子から立った。

「尾崎、元気だったか。前にも捜査に加わってもらったよな」

そう話しかけられて尾崎は驚いた。たしかに同じ捜査本部にはいたのだが、片岡が自分のような、いち捜査員を覚えているとは思わなかったのだ。

「その節はお世話になりました」尾崎は目礼をする。

「今回もしっかりな。……それから、ああ、広瀬か。おまえ深川署に来ていたのか」

おや、と尾崎は思った。彼女もまた片岡と面識があるらしい。

「昨年五月十八日発生の事件以来ですね。ご指導よろしくお願いします」

硬い口調で広瀬は挨拶し、深く頭を下げた。スタイルのいい彼女が礼をすると、さまになる。百貨店の女性店員か、旅客機のキャビンアテンダントのようだ。

彼女に合わせて尾崎も頭を下げた。よろしくな、と言って片岡はうなずいている。

全員が何かしら、片岡から声をかけられる形になった。その結果、片岡との心理的な距離が縮まったという雰囲気がある。

捜査員の組分けが終わると、片岡は再びみなを見回した。

「地取り班は現場周辺で情報収集を急いでくれ。証拠品捜査班は再度、現場の確認を。鑑取り班は被害者の知人などに聞き込みをするように。夜の会議は二十時からとする。特別な理由がない限り、会議には必ず出席してほしい。以上だ」

号令がかかり、捜査員たちは立ち上がった。全員で礼をして、最初の捜査会議は終了となった。

3

尾崎はグレーのスーツ、広瀬は紺色のスーツを着ている。

ふたりで並んで歩いていると、これから商談に出かける会社員コンビというふうに見えるかもしれない。いや、そうでもないか、と尾崎は思った。広瀬がやけに硬い表情でいるから、何かミスをして取引先へ謝りに行くふたり、という感じに見えるのではないか。

歩きながら尾崎は考えた。

自分は深川署に来て何年も経つから、この環境にもずいぶん慣れた。近くのコンビニで昼飯を買っていれば同僚とよく一緒になるし、木場駅の近くで上司と出会うこともある。所轄の人間にとって管内は自分の庭のようなものだ。自分で手入れをしている庭であれば、どこにきれいな花が咲いているか、どこが汚れやすいか、どこでつまずくことがあるか、そういったことは頭に入っているはずだ。

刑事課であれ交通課であれ、担当地域を隅々まで把握するのは大事なことだった。事前に集めた情報が、捜査での迅速な行動に繫がるからだ。

そういう意味では、広瀬はまだこの地域に不慣れだし、やりにくい部分があるだろう。

――ここは深川署の先輩として、気をつかっておくか。

信号待ちで足を止めたタイミングで、尾崎は広瀬に話しかけてみた。

「どうだ、うちの署にはもう慣れたか？」

広瀬はこちらを向いた。相変わらず硬い表情だったが、尾崎の顔を見上げてまばたきをした。

「署の中のことですか。それとも管内のことでしょうか」

にこりともせず視線を向けてくるものだから、尾崎は戸惑ってしまった。彼女は今、不機嫌なのだろうか。

「どこか調子が悪いのか？」

「なぜです？」

「なんだか機嫌がよくないみたいだからさ」

尾崎がそう言うと、彼女はわずかに首をかしげた。通りを走っているバイクや軽トラックに目をやったあと、再び尾崎のほうを向いた。

「すみません、そんなふうに見えていたのでしたらお詫びします」

「いや、謝ることはないよ。でも、もし何かあるんだったら言ってくれないか。こうしてコンビを組んで相棒になったわけだし……」

「相棒、ですか」少し考える様子を見せてから、彼女は続けた。「すみません。私はそういうふうには思えなくて……」

どうも調子がくるってしまうな、と尾崎は思った。先ほどコンビになったばかりだから、まだ信頼するところまではいかない、と言いたいのだろう。それならそれでいいのだが、わざわざはっきり伝えてきたのはなぜなのか。自分自身に正直なのか、あるいは鈍感なのか。いずれにせよ、少し変わったタイプだという気がする。

そんなことを尾崎が考えている間も、広瀬は真剣な目でこちらを見ていた。容姿がファッションモデルのように整っているから、あまり見られると落ち着かなくなってくる。

ああ、そういえば、と尾崎は言った。

「会議で、五月十八日の事件とか言っていたな。何か特別な事件だったのか」

「特別な事件ということはありませんが、片岡係長が指揮した捜査本部に私も参加したんです。それだけですが」

「ふうん。そうなのか」

信号が青になった。よし、行こう、と声をかけ、尾崎は横断歩道に足を踏み出した。

尾崎たちの担当は鑑取り捜査だ。

被害者などと関わりのある人物に話を聞き、情報を集めていくことになる。これは注意が必要な仕事だった。通り魔事件などでない限り、殺人犯は以前から被害者を恨んでいたというケースが多い。過去に何かトラブルがあり、恨みを募らせて犯行に至るというのが一般的だ。従って、被害者の知人に話を聞いていくうち、そうとは知らずに犯人と出会ってしまう可能性があるのだ。

広瀬は、辺りに通行人がいないのを確認してから小声で言った。

「鑑取りといったら、もっと年長の捜査員がやるものと思っていました」

「捜一のほうではベテランを充《あ》てているはずだ。しかしそれだけでは手が足りない。捜査には人数が必要だから、我々所轄にもこういう仕事が割り当てられる」

「尾崎係長は捜一で働いたことはありますか」

「ないよ。あそこは選ばれた人間が行くところだからね。君もずっと所轄だよな？」

「ええ。……尾崎係長は、捜一へ行きたいと思ったことは？」

「そういう刑事は多いと思うが、俺はどうかなあ」

「どうかなあ、というのはどういう意味でしょうか」

広瀬は細かいところを尋ねてくる。几帳面なのか神経質なのか、物事をはっきりさせないと気が済まないようだ。

「俺は所轄のほうが好きなんだよ」尾崎は答えた。「捜一に行くと凶悪事件ばかり担当するだろう？　あれはきついんじゃないかと思う」

「凶悪ではない事件を担当したいということですか」

自分の考えを批判されたような気分になって、尾崎は黙り込んだ。今度はこちらから尋ねてみる。

「君はどうなんだ」

「私は機会があれば、捜一に行ってみたいと思っています」

「そうか。やる気があるんだな」

「やる気があるというか……。捜一なら、いろいろなことが調べられるでしょう？　それに、世の中、許しがたいような事件が多いですよね。私は自分の手で犯罪者たちを捕らえたいんです。どこまでも追跡して、罪を償わせてやりたくて」

「……なるほど」

納得したわけではないが、尾崎はそう言った。これ以上あれこれ訊くのはよくないことのように感じたからだ。

徐々に改善されてはいるものの、警察はまだまだ男性優位の組織だ。捜査一課で活躍できる女性は稀《まれ》だろう。にもかかわらず彼女は捜一に行きたいと言った。そこには、おそらく彼女なりの事情があるに違いない。そしてその事情というのはきっと複雑で、こんな路上で話せるものでないはずだった。


尾崎と広瀬は地下鉄で西葛西《にしかさい》駅へ移動した。

被害者・手島恭介は運送業者だということだったが、実際には個人事業主だった。物流大手に「クマダ運輸」という会社がある。小口の貨物輸送を中心に業績を伸ばしている企業で、自社の社員に配送させると同時に、社外の個人にも業務を委託していた。手島はクマダ運輸から仕事を請け負っていたという。

請負となると年金や健康保険料は個人で払わなければならないし、ボーナスや退職金もない。会社に縛られず自由に仕事ができる代わりに、かなり不安定な立場だと言えた。ただ、最近は非正規で働く人が増えたし、人材の流動も盛んになってきている。個人事業主という生き方に、魅力を感じる人は多いのだろう。

手島はクマダ運輸の西葛西第一支店に出入りしていた。委託された荷物を自前の軽自動車に積み込み、配達して回っていたのだ。

「手島さんは西葛西の賃貸マンションに住んでいました。知っている土地だから配達しやすい、ということはあったでしょう」

西葛西駅の改札を出たところで、広瀬がそう言った。

「捜査資料には、自前の車だと書いてあったな。どんな車だったんだろう」

「車種と車のナンバーならわかります。捜査資料に載っていたのはたしか……」

彼女は額に右手の指先を当て、とんとんと叩いた。それからメーカーと車種、ナンバーを口にした。尾崎は驚いて彼女に問いかける。

「覚えているのか。たいした記憶力だな」

「はい、よく言われます」

尾崎はスマホの地図を確認したあと、辺りを見回した。東京メトロは地下鉄の路線だが、一部は地上を走っている。ここ西葛西駅辺りもそうで、線路は尾崎たちの頭上、高架の上にあった。

地図に従って住宅街を歩いていく。暖かい春の日だったが、まだ午前中なので通行人の姿はあまり多くない。ショッピングカートを押して歩く高齢者や、幼児を連れて歩く母親の姿が見えるくらいだ。自転車で通りかかった主婦らしい女性も、心なしかのんびり走っているように感じられる。

やがてクマダ運輸の西葛西第一支店が見えてきた。

店舗の横には作業場があり、町でよく見る宅配用のトラックが停まっている。荷物を積み込んでいる制服姿の男性が何人かいた。

建物の中に入ると、カウンターの向こうで制服にエプロンという恰好《かっこう》の女性が事務作業をしていた。尾崎たちが近づいてくるのに気づいて、彼女は伝票から顔を上げた。

「いらっしゃいませ。お荷物の発送ですか？」

「ああ、いえ、違うんです」尾崎は警察手帳を呈示した。「警視庁の者です。手島恭介さんの件で、お話をうかがいたいと思いまして」

女性は少し戸惑うような表情になった。

お待ちください、と言って彼女は奥の部屋に向かう。一分ほどして、小太りの中年男性がひとりでやってきた。

「主任の赤倉《あかくら》と申します」彼は神妙な顔で言った。「手島さんのことは、もう刑事さんにお話ししましたけど……」

捜査会議が始まる前、指示を受けた刑事がすでに聞き込みに来たのだろう。

「そうでしたか。実は警察の捜査では、繰り返し質問させていただくことがありましてね。申し訳ありませんが、あらためて事情を聞かせてください」

「はあ、わかりました」

仕方ない、という様子で赤倉はうなずく。

尾崎はポケットからメモ帳を取り出し、ページをめくった。

「手島さんはクマダ運輸さんの下請けとして、荷物の配達をしていましたよね。最後にここに来たのはいつでしたか」

「昨日の夜九時ごろです。いつもは再配達の荷物が少し残るんですが、昨日はきれいに片づいたという報告を受けました。そのまま引き揚げてもらう日もあるんですけど、手島さんに渡す書類があったので、ここに寄ってもらったんです」

「そのとき、変わった様子はなかったでしょうか」

「いや……特に気がつきませんでしたけど」

「最近、何か困っているとか、トラブルを抱えているといった話を聞きませんでしたか」

「そういうことはなかったですねえ。もしあったとしても、私たちには打ち明けなかったでしょうし……」

それはそうだろうな、と尾崎も思う。人間、誰にでも悩みはあるが、他人に話すかどうかは別問題だ。もし話すとしたら、信頼できる相手を選ぶだろう。

「雑談でもいいんですが、何か私的なことをお聞きになったりは？」

「そうですね……」しばらく考えてから、赤倉は再び口を開いた。「冗談半分かもしれませんが、こんなことを言っていましたよ。手島さんは子供のころから勉強が嫌いで、デスクワークはしたくなかったんですって。それで建設現場に行ったり、セールスマンをやったりいろいろ試したんですが、最近は個人で荷物を配達する仕事に落ち着いたんですよ、と。でも配達はフルタイムじゃなくてパートタイムだったんですよね」

おや、と尾崎は思った。隣にいる広瀬に視線を向ける。

彼女は即座に首を横に振った。これまでにそういう情報は出ていないはずだ。

「パートタイムだというのは知りませんでした」尾崎は赤倉に言った。「最初からずっとそうだったんですか?」

「ええ。三年前からです。だいたい午後一時から六時ごろまででしたね。うちからお願いして、少し時間をずらしてもらったこともありましたが」

「フルタイムだと週四十時間ですよね。手島さんの場合は?」

「だいたい半分でしょうね。それ以上は難しいということでした。夜は急な用事が入ることもあるから、と言っていましたし」

「どんな用事ですかね」

「詳しいことはわかりませんが、飲みに行くのが好きだったようですよ。飲み友達がいたのかもしれませんね」

何か大事なつきあいがあったのだろうか。気になる情報だ。

尾崎に命じられるまでもなく、広瀬は真剣な顔でメモをとっていた。

「車なんですが」尾崎は言った。「手島さんは自分の軽自動車で配達していましたよね。

車種でいうと、商用車のようですが……」

先ほど広瀬が口にしたのは、小型のバンの名前だ。郵便局の配達などでもよく使われている。

「はい、そういう契約でお願いしていましたから」

「もともと手島さんは、個人でそのタイプに乗っていたわけですか？」

「ええ。この仕事のために買った、という話ではなかったと思います」

尾崎はひとり考え込む。

それまで黙っていた広瀬が、赤倉に問いかけた。

「ひとつ質問があります。手島さんが不祥事を起こしたことはありませんでしたか」

「不祥事？」

「たとえば宅配便の伝票を見て、ひとり暮らしの女性の電話番号を悪用したりとか……」

「いや、まさか。ないです、ないです」

赤倉は驚いて否定する。さすがに尾崎も驚いて、広瀬の顔を見つめた。

「なんでそんなふうに思ったんだ？」と彼女に尋ねる。

「以前そういう事件があったものですから、もしかしたら手島さんにもストーカー的な気質があったのではないかと考えまして」

「可能性ゼロとは言えないが、突飛な話だな」

「せっかくここまで来たわけですから、なんでも訊いておいたほうがいいかと」

「それはそうだが……」

どうも、広瀬は少し変わった性格のようだ。

咳払いをしてから、尾崎は赤倉のほうを向いた。

「手島さんの過去の勤務記録をコピーしていただけませんか。最近の行動が知りたいんです」

わかりました、と答えて赤倉は奥の部屋へ入っていく。

彼の背中を見送ったあと、広瀬が小声で尾崎に尋ねてきた。

「車の件ですが、もともとバンを持っていたのは変だということですね？」

「ああ。買い物をするにせよ、レジャーに行くにせよ、普通、個人で買うなら商用車は選ばないだろう」

「つまり、手島さんはよほどの変わり者だったか、そうでなければ何か目的を持っていたと……」

「変わり者という線はおいておこう」尾崎は言った。「手島さんは以前から、何か大きな荷物を運ぶ必要があったんじゃないだろうか。そのためにバンを買ったんだと思う」

「大きな荷物というのは？」

「今の時点ではまだわからない。だが、こういう推測はできる。クマダ運輸のほうをパートタイムにしたのは、別の仕事のためだったのかもしれない。車を使った何かの仕事だ」

「特別なものを運ぶということでしょうか」

「可能性はあると思う。そもそもパートタイムの仕事だけでは稼ぎが少ないだろう?」

「たしかに……」

そうつぶやいて、広瀬は思案の表情を浮かべる。

――手島恭介にはもうひとつの顔があったんじゃないだろうか。

腕組みをしながら、尾崎はひとり考えを巡らした。

4

勤務記録を受け取り、尾崎たちはクマダ運輸の支店を出た。

手島恭介という男はいったいどんな人物だったのだろう。尾崎は被害者の姿を頭に思い浮かべた。

事件現場で確認した顔。そして初動捜査で仲間の刑事が入手した写真の顔。手島は面《おも》長《なが》で、大きな耳に特徴があった。福耳と言えそうだが、現実には福に恵まれなかったようだ。彼は拷問とも言える仕打ちを受けて死亡してしまった。

髪型や服装からは、どこにでもいる中年男性というふうに見えた。個人事業主ということだったが、仕事の中身はフリーアルバイターに近かったのだろう。クマダ運輸に縛られることはなく、自分で働く時間帯を選ぶことができた。もちろん仕事をする上で責任はあるが、気分的には楽だったのではないか。

こうした個人事業主に仕事を任せることで、企業は経費を大幅に減らせるようになったわけだ。何かあっても自己責任ということで、いざその人物が働けないような状態になれば契約を解除すればいい。きわめて合理的なシステムだ。

だが、それでいいのかという気持ちが尾崎にはある。

父が早くに亡くなったから、自分は地方公務員――警察官になった。よほどのことがない限り、解雇されたりしない職業だ。おかげで生活は安定している。

手島はどんな境遇に育ってきたのか、ということに興味があった。

自由気ままに生きられるのは楽だったかもしれない。だが、歳をとったらどうするつもりだったのだろう。すでに亡くなってしまった人物のことではあるが、そういう部分が気になった。

「手島さんの部屋を調べてみたい」

尾崎がそう言うと、広瀬は不思議そうな顔をした。

「私たちの担当は鑑取りですよね。関係者から情報を引き出すのが仕事なのでは？」

「そのとおりだ」

「手島さんの家に行って、近所の人から話を聞くのはありだと思います。しかし部屋を調べるというのは、明らかに越権行為ではありませんか？」

真剣な顔で広瀬は尋ねてくる。生真面目というか、堅いというか、とにかく決められたルールに忠実なのだろう。

「不満なのか？」

「いえ、不満ではありませんが、理由を教えていただけますか」

「理由か。……そうだな、俺の勘だ」

「え？」広瀬はまばたきをした。長いまつげが大きく動く。「それはちょっと……。説得力に欠ける気がします」

まあそうだろうな、と尾崎は苦笑いを浮かべた。おそらく彼女には、行動するための明確な理由が必要なのだ。

「クマダ運輸ではパートの仕事しかしていなかった」尾崎は言った。「しかし手島さんは車を買えたし、仲間と飲みに行くこともできた。考えられることは何だ？」

「……何かほかに収入源があったんでしょうか。あるいは、もともと多額の貯金があったとか？」

「あとは、養ってくれる女性がいたのかもしれないよな」

「それはどうかと思いますが……。でも可能性としては排除できませんね」

うん、と尾崎はうなずいてみせる。

「そういうわけで、俺は彼の生活の様子が知りたいんだ。家を見るのが一番だろう」

「ですが、鑑取りは鑑取りらしく、人から話を聞くのが筋ではありませんか？」

「聞き込みをするにもネタが必要だよ。だからいろいろ知っておくべきなんだ。こちらから水を向ければ、相手はいろいろ思い出すかもしれない。過去の経験から、そう言える」

「経験から、ですか……」

「時間がもったいない。さあ、行くぞ」

話を切り上げて尾崎は歩きだした。気持ちを切り換えたのか、広瀬もすぐについてきた。


捜査資料を見ながら、住宅街を西へと向かった。

手島が住んでいた賃貸マンションまでは徒歩で十分ほどだ。尾崎は西葛西を歩くのは初めてだが、きれいな道が多いし、住みやすそうな町だと感じた。賃貸物件の家賃はどれくらいなのだろう。

七階建てのマンションの前に数台の車が停まっていた。横を通るとき車内をちらりと見ると、無線機器などが積んである。覆面パトカーだとすぐにわかった。

五階でエレベーターから降りると、男たちの話し声が聞こえてきた。共用廊下の一番奥、五〇一号室の前でスーツ姿の男性ふたりが言葉を交わしている。眼鏡をかけた男性が、こちらに気づいて驚いたという顔をした。

「尾崎さんじゃないですか。どうしてここに？」

同じ深川署の刑事課、加治山班に所属する塩谷《しおや》政人《まさと》巡査部長だ。歳は三十五で、尾崎や広瀬より二歳若い。

「お疲れさん。ちょっとマル害の部屋を見せてもらおうと思ってね」

塩谷は眼鏡のフレームを指先で押し上げた。

「でも尾崎さんは鑑取りでしょう。どうして部屋を見に来るんです？　ルール上、それはまずいんじゃないですか」

彼の言葉を聞いて、隣にいた広瀬が口を開いた。

「そうですよね」広瀬は一歩前に出て言った。「塩谷くんの言うとおりです。私たちは鑑取り班ですから、部屋を調べるのは本来おかしいのではないかと……」

「もう、中は見られるか？」

広瀬をそのままにしておいて、尾崎は塩谷に尋ねた。

「一通り、調べは終わっていますから大丈夫ですよ。尾崎さん、どうぞ中へ」

「え?」広瀬が眉をひそめた。「でも塩谷くん、今、ルール上まずいんじゃないかって……」

驚いている彼女に向かって、塩谷はゆっくりとした口調で言った。

「あとで何かあるといけないから、一応話しておいただけですよ」

「塩谷くんは、ルールを守ろうという立場じゃなかったの?」

「俺自身はそう思っていますが、尾崎さんがどうするかは本人の自由ですから」

「そんな……」

感情的になるわけではなかったが、広瀬は不満そうだった。仲間だと思っていた塩谷に裏切られた、という気持ちがあるのだろう。

尾崎は白手袋を嵌め、靴を脱いで五〇一号室に入った。塩谷もあとに続く。ひとり渋い表情を浮かべていた広瀬も、仕方ないという様子でパンプスを脱いだ。

入ってすぐ右手にトイレと脱衣所、ユニットバスがある。左を見ると、そこは台所とリビングダイニングだ。テーブルのそばに立っていた男性がこちらを向いた。もじゃもじゃした髪は天然パーマだと聞いている。太い眉の下に人懐こそうな目があった。ベテラン捜査員の佐藤亮治《さとうりようじ》警部補、四十一歳だ。

「お、来たのか、尾崎」佐藤は口元を緩めた。「おまえ鑑取りだろう?」

「そうなんですよ、佐藤係長」

と広瀬が言ったが、佐藤はうんうん、とうなずいただけだ。彼女を相手にするつもりはないらしい。

佐藤は室内をぐるりと見回してから、再び尾崎のほうを向いた。

「間取りは2LDK。ひとり暮らしの住まいとしては充分な広さだな。生活水準は平均以上。高いワインが何本もストックしてあったし、家電も最新式だ」

「財布、手帳、スマホのたぐいはありません」塩谷が口を挟んだ。「デスクトップパソコンがありますが、パスワードがわからないので現在、ログインは不可能。これは鑑識で見てもらう必要があるかと」

「どうかなあ」佐藤が首をかしげた。「彼らの力量じゃ無理かもしれないよ。できるとしたら科学捜査係かサイバー犯罪対策課、ひょっとしたら科捜研かな」

「まあね、そのへんは捜査一課の偉い人が判断してくれるでしょう」塩谷は言った。「所轄は言われたとおりに行動すればいい。よけいな意見は言わなくていい。君たちはそういう立場だと、以前、捜査一課に釘《くぎ》を刺されましたから」

「今日も尖《とが》ってるねえ、塩谷は。なんか怒ってる？」

「すみません。俺は佐藤さんみたいに人間が出来ていないので」

「若いなあ。若い若い」

そんなことを言って佐藤は笑った。

このふたりは以前から一緒に行動している。人のよさそうな佐藤といつも一言多い塩谷は、班長から「甘辛コンビ」などと呼ばれている。意見が合いそうには見えないのだが、実際には塩谷が先輩を立てることも多いし、佐藤のほうも余裕をもって後輩を見ているようだ。そういう意味では、うまく出来たコンビだと言える。

テーブルの上に、持ち手の付いた紙バッグが三つ置かれていた。

「取り急ぎ、これだけ捜査本部に持って帰るつもりだ」佐藤がバッグを開いて見せた。「会員カードや病院の診察券、意味があるかどうかわからないメモ類、アルバム、連絡用の名簿、写真……。そういったものだ」

「わかりました。本部で調べてもらって、何か見つかることを祈りましょう」

「おまえも一通りチェックしたいだろう？　見てもらってかまわないよ」

「じゃあ、ちょっと失礼」

佐藤に会釈してから、尾崎は紙バッグの中身を調べ始めた。広瀬にも手伝ってもらって、大事なメモなどがないか確認する。

続いて部屋の中を調べることにした。

流し台の下を開き、食器棚をあらため、冷蔵庫の中を確認する。自炊はあまりしていなかったらしく、調理用の食材は入っていない。目につくのは、つまみになりそうな加工食品やビール、ワインなどだ。

脱衣所、浴室にも、これといって気になる品物はなかった。

リビング部分には大きな液晶テレビと座椅子がある。棚には市販のDVDやブルーレイディスクが並んでいた。そのほか、自分で番組を録画したディスクもあるようだ。

奥のほうに移動してみた。左の部屋には洋服などの入った四段のチェストと書棚がふたつ、窓際の隅にはパソコンデスクが設置されている。書棚の引き出しを調べてみたが、古いレシートやダイレクトメールが入っているばかりだった。

最後は寝室だ。ここには衣装簞笥と広めのクローゼットがあった。どちらもすでに佐藤たちが調べたあとだから、やはりめぼしいものは見つからない。

確認を終えて、尾崎と広瀬はリビングダイニングに戻った。

「特に気になるものはありませんね」広瀬が言った。「ざっと見ただけなので、何か見落としているかもしれませんが」

「今の時点で何か見つけようってのは難しいだろうさ。なあ、塩谷」

「まあ、その何かを見つけるために、予備班がいるわけですからね。彼らの仕事を奪っちゃ申し訳ないですよ」

「おまえは幹部に向いてるよ」佐藤は苦笑いを浮かべた。「手の空いている人間が出ないよう、しっかり仕事を割り振ろうってわけだな」

佐藤と塩谷はテーブルに広げたメモなどの借用品を、紙バッグに戻し始めた。

その間に、尾崎はもう一度部屋の中を見回す。

食器棚のそばに広瀬が立っていた。彼女は壁に掛けられたカレンダーを見つめている。

「どうした。何か気になるのか?」

声をかけながら、尾崎は近づいていった。

広瀬はゆっくりとこちらを振り返った。右手でカレンダーを指し示している。

「メモが残されています。一般に、カレンダーに書かれていることには重要な意味があると思うんですが……」

「手島さんの行動予定じゃないか?」尾崎は佐藤のほうを向いた。「佐藤さん、これ、写真撮りました?」

「ああ、撮影してある。先月までのページは破り取られていて、残っていなかった。そして来月以降には何も書き込みがない。それもあとで予備班に調べてもらうつもりだ」

尾崎は広瀬とともに、今月のカレンダーをじっと見つめた。

午後の時間帯に書かれているのは、クマダ運輸の仕事の予定だろう。そのほか週に何回か、夜の時間帯にメモがある。たとえば先週の月曜のところには《19、シンヨウA、ババ》、木曜のところには《20、シンヨウA、ババ》とある。

「月曜は十九時にシンヨウAという場所に行ったんだろうか。たとえば、そこで馬場《ばば》という人と待ち合わせをした、とか?」

「ちょっと待ってください」

広瀬がバッグからスマホを取り出した。彼女はネット検索をしていたようだが、やがて顔を上げて報告してくれた。

「いくつか候補がありますが、可能性が高いのは『新陽《しんよう》エージェンシー』という会社だと思います」

「何か理由があるのか？」

「新陽エージェンシーの業務内容には、小口の配達業務があります。それともうひとつ。この会社の所在地は高田馬場《たかだのばば》です」

なるほど、と尾崎はうなずいた。「ババ」は高田馬場だったということか。どうやら、広瀬の意見には信憑性《しんぴょうせい》がありそうだ。

「ウェブサイトはこれです」

「見せてくれ」

彼女の横に並んで、一緒に液晶画面を覗き込んだ。新陽エージェンシーはイベントの企画、運営などを行う会社らしい。ほかに小口の配達業務や、人材派遣なども手掛けているらしかった。

「高田馬場のどこだ？」

「それはですね……」広瀬は指先で画面をスクロールする。「地図がありました。駅からすぐです。徒歩五分くらいかと思います」

「たぶん俺たちが一番乗りだな。すぐに行ってみよう」

「わかりました」

尾崎は鞄を手に取り、玄関に向かった。スマホをしまって広瀬もついてくる。靴を履きながら、尾崎は室内に呼びかけた。

「佐藤さん、ありがとうございました。助かりました」

「尾崎、気をつけろよ」佐藤は顔を曇らせて言った。「どう見てもこの事件の犯人はまともな奴じゃない。おまえの行動力は認めるが、今回はいつもの調子で突っ走らないほうがいい」

「了解です。あとでまた連絡します」

尾崎は素早く五〇一号室を出た。それから、広瀬とともにエレベーターホールへと急いだ。

5

西葛西駅から電車に乗り、都心部へ向かう。

車内は思ったよりも混んでいた。ドアのそばに立ったまま、尾崎は流れる風景を見ていた。

東京メトロ・東西線《とうざいせん》の電車は西船橋《にしふなばし》から西葛西まで、高架の上を走っている。そしてその先、南砂町《みなみすなまち》駅の手前から地下に潜る形になる。なぜかというと、西葛西と南砂町の間には荒川があるからだ。川の下を掘り抜くのは難しいから、建設当時そのように設計されたのではないだろうか。

地下に入ると窓の外が暗くなった。明かりがガラスに反射して、振り返らなくても車内の様子が見えるようになった。尾崎の斜めうしろに広瀬が立っている。彼女はスマホの画面を見つめ、指を素早く動かしていた。何かを検索しているのか、それとも現場付近で撮影した画像などを確認しているのか。

ふと思い立って、尾崎は彼女のほうを向いた。

「何か嫌いなものはあるか」

「はい？」不思議そうな表情で広瀬は言った。「嫌いなもの、というと……」

「今日の昼飯をどうしようかと思ってさ。何が食べたい？」

そうですね、とつぶやいて、彼女は思案顔になった。

「アレルギーなどはありませんし、特にこれが苦手というものもありません。尾崎係長にお任せしたいと思います」

「初日だから奢《おご》るよ。何が食べたい？」

「恐縮です。……仕事中ですから、早く食べられるものがいいんじゃないでしょうか」

「だとすると、立ち食いそばになってしまうぞ」

「尾崎係長がそうしようとおっしゃるのなら、それでかまいません」

真面目な口調で彼女は言う。どうやら、尾崎の冗談は空振りになってしまったようだ。

「まあ、立ち食いそばってことはないよな。あとで店を探そう」

「それがいいと思います」にこりともせず、彼女は言った。「高田馬場なら、お店も多いと思いますし」

三十分ほどで電車は高田馬場駅に到着した。

すでに午後一時半を過ぎているが、先に仕事を進めておきたい。食事は後回しにした。飯を食っていて大事な情報を取り損ねた、などということになったら後悔するだろう。

改札口を出て、目的地の場所を再度確認しようと、尾崎は広瀬のほうを向いた。

彼女はスマホを耳に当て、誰かと通話をしているところだった。尾崎に気づいて軽く頭を下げたが、そのまま話を続けている。二十秒ほど経ってから彼女は電話を切った。

「どうした？」

「ちょっと個人的な連絡をしていました」

「緊急だったのか？　仕事中に私用の電話は困るな」

「すみませんでした」広瀬はスマホの画面に地図を表示させた。「では行きましょう、係長。こちらです」

彼女はロータリーの北のほうへ歩きだす。

今のは何だったんだろうと思ったが、深く追及することもなく、尾崎は彼女のあとを追った。

新陽エージェンシーの事務所は、早稲田通りに面した雑居ビルの一階にあった。先ほど訪れたクマダ運輸のような作業スペースはなく、外から見ると不動産会社か何かのような事務所だ。

道路のこちら側で信号待ちをする間、尾崎はそのビルの前にいるふたりの人物に目を留めた。ひとりは黒いスーツを着た三十代半ばの男。髪をオールバックにしている。もうひとりは紺色のジャンパーを着た二十代前半の男だった。彼らはときどき事務所の中に目をやりながら、立ち話をしている。

尾崎たちが近づいてくるのに気づいて、ふたりは会話を中断した。スーツの男は鋭い視線を向けて、尾崎と広瀬を値踏みするように見た。こちらが気になっているようだったが、話しかけてくることはなかった。

ドアを開け、尾崎と広瀬は事務所に入っていく。

正面に受付のカウンターがあり、その向こうが執務スペースになっている。今、事務所には五人の男女がいた。四人は男性、ひとりは女性だ。みな制服らしい緑色のジャンパーを着ている。

「いらっしゃいませ」

席を立って、若い女性がカウンターのそばにやってきた。事務員なのだろうが、やや化粧が濃く、唇の赤さが目立つ。

「ちょっとうかがいますが、手島恭介さんという方をご存じですか」尾崎は尋ねた。

「手島さん、ですか。ええと……」

彼女は体をひねって、うしろの席にいる男性を見た。それから、すぐにまたこちらを向いた。

「どういったご用件でしょうか」

「警察の者です」

尾崎は警察手帳を呈示する。その途端、室内の空気が張り詰めたように思えた。

おそらくそれは気のせいではないだろう。事務机にいる男性たちのうち、ふたりは顔を上げて尾崎を見た。残るふたりもこちらを凝視こそしないものの、事務作業をしながら耳を澄ましているのがわかる。

女性が戸惑っているのを見て、中年の男性が近づいてきた。だいぶ髪の薄くなった、五十代と思える人物だ。

「私が承りましょう」男は軽く頭を下げた。

「警視庁の尾崎といいます。責任者の方ですか?」

「営業部長の大堀《おおほり》と申します。……手島さんがどうかしたんですか」

「事件に巻き込まれました」

「……事件、というと?」

「今朝、ご遺体で発見されたんです」

大堀は眉をひそめた。尾崎から広瀬に視線を移したあと、もう一度尾崎をじっと見つめる。言葉を選ぶ様子で、彼は尋ねてきた。

「彼は……手島さんは、殺害されたんでしょうか」

「そう考えられます」

身じろぎをしてから、大堀は低い声を出して唸った。信じられない、というふうに首をゆっくり左右に振る。

「いったい何があったんですか」

「すみません、詳しいことはお話しできないんですが、手島さんはこちらの会社と関わりがあったんですよね?」

「ええ。仕事をお願いしていまして……」

大堀が答えかけたとき、尾崎の背後から鋭い声が飛んだ。

「おい、ぺらぺら喋るな」

はっとして、尾崎は振り返る。

先ほど外にいたオールバックの男が、事務所に入ってきていた。紺色のジャンパーを着た男も一緒だ。

オールバックは大堀を叱責したのだが、尾崎に敵意を向けていることは明らかだった。彼は威嚇《いかく》するような目でこちらを睨《にら》んでいる。

咳払いをしてから尾崎は尋ねた。

「失礼ですが、あなたは？」

「この会社の関係者ですよ」男は硬い表情のまま言った。「仕事の邪魔をしないでくれ。これから大事な打ち合わせがあるんだ」

「手島恭介さんをご存じですか？　今日、ご遺体で発見されたんですが……」

「知らないな」

「営業部長の大堀さんは知っているようでしたよ」

「大堀は忙しいんだ。よそを当たってくれ」

男はカウンターの中に入り、大堀の腕をつかんで事務所の奥に向かう。そのままふたりは別室へと消えた。

残っていたジャンパーの男が尾崎の背中をつついた。

「そういうことだから、帰ってもらえませんかねえ」

嫌みたっぷりの言い方をして、彼はドアのほうへと顎をしゃくる。

ここで揉《も》めてもメリットはないだろう。尾崎は軽く息をついてからドアに向かった。外に出ると、尾崎はすぐにスマホを取り出した。発信履歴からひとつの番号を選んで架電する。三コール目で応答があった。

「はいはい、どうかしたのかい」

電話の相手は、西葛西の手島宅を捜索していた佐藤だ。先ほどと変わらず、のんびりした声だった。

「佐藤さんはマル暴関係にも詳しかったですよね？」

「暴力団？　ああ、前に何度か捜査で関わったことがある」

「先に確認しておくべきでした。……今、高田馬場の新陽エージェンシーという会社にいるんですが、ここ、マル暴絡みじゃないですか？」

「さっきカレンダーに書いてあった会社か。でも聞いたことのない社名だな」

「営業部長は大堀っていう男なんですが」

「あ……大堀か！」電話の向こうで佐藤が声を上げた。「五十ぐらいの、髪の薄い奴」

「そう、その男です」

「昔は別の会社にいたよ。もし社名を変えただけだとすれば、そこは野見川《のみがわ》組のフロント企業だ」

やはりそうか、と尾崎は思った。普通の会社を装っているが、新陽エージェンシーは暴力団と繋がりがあり、資金源となっているのだ。柄の悪いオールバックを見かけた時点で、嫌な予感はあった。

「手島さん、いや、手島恭介は運送業でした。自分でバンを持っていたようなんですが、これって……」

「正体が見えたな」佐藤は言った。「クマダ運輸の仕事のほかに、暴力団関係の運び屋をしていた可能性がある。だからバンを持っていたんだろう」

「けっこう大きな荷物も運んでいたんでしょうか」

「ヤクだの拳銃だの、そういうものならバッグで運べるけどな。しかしバンがあればいろいろと便利だ。組員から重宝がられたんじゃないか?」

何か大きなものを積んで山へ遺棄しに行くことも——。そこまで想像して、尾崎は眉をひそめた。考えれば嫌なことはいくらでも頭に浮かんでくる。

「大堀の関係者を知りませんか。もし佐藤さんの協力者がいたら、一番ありがたいんですが」

「さすがに、そのへんに潜っている協力者はいないなあ。まあ、口の軽そうな奴ならひとり知ってるけど。組の下働きをしている男だ」

「それでかまいません」

佐藤が教えてくれた男の名前と連絡先を、尾崎は手早くメモした。

「顔写真も送ってやるから、あとでメールを見てくれ」

「助かります。この礼はまたいつか」

「そうだな。期待せずにいるよ」

佐藤は笑っている。情報を与えてくれた彼に、尾崎は感謝した。こういうときは実に頼りになる先輩だ。

尾崎が電話を切ると、そばで様子を窺っていた広瀬が怪訝そうにこちらを見た。

「協力者を使うんですか？」

「いや、残念ながらスパイはいないそうだ。だが、ひとり関係者を教えてもらった。この時間は、日暮里《にっぽり》の雀荘《ジャンそう》かパチンコ屋にいるらしい」

腕時計を見ると、午後二時になるところだった。腹は減るが、今はそれどころではない。尾崎たちは高田馬場駅に向かった。

日暮里駅から歩いて数分の場所にパチンコ店があった。

大音量に顔をしかめながら、パチンコ台に向かう客の顔を見ていく。スマホに表示させた画像と比べながらチェックするうち、ついに本人を発見した。

「安川《やすかわ》さんだね？　ちょっと時間をもらえませんか」

え、と言ってその男――安川丈治《じょうじ》は振り返った。ジーンズに茶色のトレーナーというラフな恰好だ。

安川は尾崎から広瀬に視線を移して「おっ」と言った。ファッションモデルのような女性を見て、彼は急ににやにやし始める。

尾崎は警察手帳を呈示した。それを目にした途端、安川は舌打ちをした。

「なんだよ、くそ。今日はついてねえなあ」

もともと玉は出ていなかったようで、声をかけるタイミングは悪くなかったと思える。だが、安川の気分は最低らしかった。

なんだかんだ文句を言う安川を宥《なだ》めながら、尾崎は店の外に出た。ようやく周りが静かになり、今まで自分がかなり大声で喋っていたことに気がついた。

「警視庁の尾崎といいます。安川さん、あなた新陽エージェンシーという会社を知っていますよね。野見川組と関係の深い企業だよ」

安川は少し身構える様子をみせた。その反応から、彼が何かを知っていることは明らかだった。

「そして安川さん、あなたも野見川組と関係がある。組の下働きをしていると聞きました」

「だったら何だよ。ここで俺を逮捕でもするっていうのか？」

「そんなことはしない。ただ、話を聞かせてほしいんだよ。手島恭介さんのことだ」

「手島？　あいつがどうかしたのか」

「彼は今朝、遺体になって発見された」

安川はぎくりとした様子で言葉を呑《の》み込んだ。かなり動揺しているようだ。

尾崎は声のトーンを落として、ゆっくりと言った。

「手島さんは誰かに殺害されたんだよ」

「なんであいつが……」

「野見川組は新陽エージェンシーを経由して、手島さんに運び屋をやらせていたんじゃないか？　その関係で殺害された可能性がある。そうだね？」

「いや、俺に訊かれても……」

安川は口ごもった。彼の顔には困惑の表情が浮かんでいる。尾崎の勘が正しければ、この男は嘘《うそ》をついてはいない。だが嘘をつかないからといって、彼が素直な人間だというわけではなかった。

「手島さんは誰かに恨まれていなかったか？　何かトラブルが起きていたんじゃないのか？　なあ安川さん、あなたは何か知っているんだろう？」

尾崎は質問を繰り返していく。しかし安川はのらりくらりとごまかすばかりだ。どうにも埒《らち》が明かない。少し厳しく追及するかと尾崎が考えていると、それまで黙っていた広瀬が口を開いた。

「安川さん、このままだとあなたは命を狙われる可能性があります」

「は？」安川は何度かまばたきをした。「どういうことだ」

「警察というのは完璧じゃないんですよ」

「……あんた、何を言ってる？」

「私たちが捜査を続ける中で、あなたという人間が浮上しました。捜査に非協力的であれば、あなたの心証はとても悪くなります。私たちは報告書にそう書きます。捜査本部の幹部たちはそれを読んで、安川という男を徹底的に調べろと指示するでしょう。何人もの捜査員があなたの行動を監視し始める。あなたに接触して何度も話を聞く。そういう場面を野見川組の組員たちが見たら、どう思うでしょうか」

「……どう思うんだ？」

「あなたが警察に情報提供するんじゃないか、と疑うはずです。組の下働きとしてやってきたことを全部話してしまうんじゃないか。組の人間から聞いていたあれやこれやを警察に説明してしまうんじゃないか。その結果、組に捜査の手が入るんじゃないか……。疑心暗鬼という言葉を知っていますよね。本当のことがわからないと、人はどんどん疑い深くなります。あなたが否定すればするほど、こいつは嘘をついている、警察のスパイだと組員たちは思うようになる。もう駄目だ。警察に喋る前に消してしまおう、と考えるようになる」

「そんな馬鹿なことがあるかよ」

「いいですか。そのときになって私たちに頼っても、もう遅いんですよ。命を狙われている人間を、警察は守りきれません。だって、二十四時間あなたに張り付いているほど我々は暇ではないですから。せいぜい、パトロールを増やすだけです。そしてパトロールの目が届かないところで、あなたは殺されてしまうんです」

「ちょっと待てよ！」安川は怒鳴った。

それと同時に「おい広瀬」と尾崎も声を上げた。

どう考えても広瀬の言動はまともではなかった。今はまだ事情を聞いている段階だ。そんなときに、警察官が相手を脅すようなことを言ってどうするのか。

広瀬は少し考える表情になった。しばらくして、彼女は言った。

「安川さん。私はあなたを助けたいんですよ。あなたには死んでほしくない。だから今、質問に答えてほしいんです。これはあなたのためなんです」

「おかしいよ。あんた絶対おかしい」安川は首を横に振った。「組の人間に吹き込むんじゃないのか？　俺が裏切ってるとか、そういうことをさ」

「私は警察官です。目の前の殺人事件を解決するために、全力を尽くしたいんです。あなたには、それに協力する義務があります」

「訳がわからねえよ」

「手島さんの死について、何か知っていることや気になることがあれば教えてください。正直にです。今、話してくれればあなたは助かります」

安川は険しい目で広瀬を睨んだ。数秒そうしていたが、やがて肩を落としてため息をついた。

「組の人間には黙っててくれるよな？」

「もちろんです」

「……手島は郷田《ごうだ》裕治《ゆうじ》って男の弟分だったんだ。昔はふたりでよく一緒に行動してたよ。ところが郷田は、五年前に錦糸町《きんしちょう》駅の近くで死んじまった。交通事故だった」

「それで？」

「郷田が死んだせいで、手島がかなり変わったって噂《うわさ》があった」

「どう変わったんです？」

「兄貴分がいなくなって自由になれたとか、そんな感じじゃないか？　組員たちがそう話しているのを聞いた。……なあ、もういいだろ。俺が知ってるのはそれだけだ。今後は俺につきまとわないでくれ」

「どういう事故だったか聞いているのか？」

尾崎が尋ねると、安川は眉をひそめてこちらを睨みつけてきた。

「知らないよ。事故なんだから警察に資料があるだろ？　手抜きをしないで自分で調べろよ」

不機嫌そうな顔をして、安川はそう言い放った。

6

安川がパチンコ店に戻っていくのを見送ってから、尾崎は広瀬を見つめた。

「どういうつもりだ。さっきのは明らかにやりすぎだぞ」

責める調子で尾崎が言うと、彼女は不思議そうな顔をした。

「そうでしょうか？　私は捜査上の秘密を明かしたりしていませんし、問題はなかったと思っていますが」

「昨日今日入った新米じゃないんだから、君にもわかるはずだ。助けを求めた人間を警察が守れないなんて、そんな話をするのはまずいだろう」

「具体的に考えれば誰でもわかるはずです。でも実際にはそこまで気がついていない市民が多い。ですから私は、安川さんに現実を見つめてほしかったんです」

「現実を見つめさせて、怯《おび》えさせるのが目的か」

「とんでもない。さっきは自分の立場を理解した結果、安川さんが不安を感じて、警察に情報提供してくれたわけですよ。私たちは彼の協力に感謝すべきだと思います」

悪びれる様子もなく広瀬は淡々と説明する。それを聞いているうち、尾崎は苛立《いらだ》ちを感じてきた。言葉は通じているが、まるで意思の疎通ができない機械を相手にしているような気分だ。

「君はいつもあんなやり方をするのか」

「時と場合によりますね」

「ああいう方法はいつかトラブルに繋がるぞ。安川だからうまくいったが、気の荒い人間だったらどうなっていたかわからない」

「それは公務執行妨害ですよね。その場で逮捕できるんじゃありませんか？」

ああ言えばこう言う、といった具合で広瀬は反論を重ねてくる。

まいったな、と尾崎は思った。モデルのようにスマートで、しかも知的な女性だと感じていたのだがまったく違う。世間知らずの、どこかずれた人間というふうに見える。

「前は赤羽署にいたんだったな。そこでは、ああいうのが許されていたのか？」

「最初は尾崎さんのように気にする人もいたようですが、そのうち何も言われなくなりました。まあ、私は成果も挙げていましたし」

「急に異動になったんだよな？」

「そうですね」

「何か思い当たることはなかったのか」

「警察官に異動はつきものでしょう。私は深川署でも全力を尽くすつもりです」

上司に厄介払いされたのではないか、と思えてならなかった。

だがここでそれを指摘するのは、さすがに厳しすぎるという気がする。こちらは上の立場ではあるが、今後ずっとコンビで活動するのなら、人間関係には気をつかう必要があるだろう。そういうわけで、もう少し様子を見るべきだと尾崎は考えた。

日暮里駅へ戻る途中、ファミレスを見つけた。そういえば昼食がまだだったのを思い出した。ここでいいかと尋ねると、広瀬はこくりとうなずいた。

昼休みの時間はとうに終わっているが、まだランチを頼むことができた。窓際のテーブル席で、尾崎たちは遅い昼食をとった。

せっかく奢ってやるというのに、先ほどのことが心に引っかかっている。食事をする間、ふたりとも黙り込んだままだった。どうにも気まずい雰囲気だ。

思うところはあるが、この先の捜査に影響が出ては困る。深川署の先輩として、ふたりの間の空気を変えなければならないと思った。周りのテーブルに客がいないのは幸いだ。

「広瀬はどうしてこの仕事に就《つ》いたんだ?」尾崎は尋ねた。

コーヒーカップを手にしたまま、広瀬はこちらを見てまばたきをした。そのまま何か考え込む様子だ。

「ああ、すまない。話したくなければいいよ」

「いえ、そういうわけではありません」広瀬はカップをテーブルに置いた。「でも、お話しするには時間がかかりそうなので」

「そうか。じゃあ、別の機会にしよう。飲みに行ったときにでも」

「飲みに行くんですか?」

真面目な顔で広瀬は訊いてきた。ひどく驚いた様子だったので、尾崎は少し面食らった。

「同僚なんだし、飲みに行くぐらいは普通だろう」

「私と尾崎係長で、ですか?」

「いや、違う違う」尾崎は首を横に振った。「誤解させて悪かった。班のみんなで飲みに行くことがあるんだ。四月に入ってからは、ずっとばたばたしていたけど」

なるほど、と広瀬は胸を撫《な》で下ろしている。

その反応がオーバーだったから、尾崎は複雑な気分になった。別に彼女とふたりきりで飲みたかったわけではないが、どうも釈然としない。

「尾崎係長はどうして警察官になったんですか」

急に彼女は尋ねてきた。自分のことは話さないが、他人の事情には興味があるのだろうか。よくわからない人物だ。

「いとこの女性が高校生のとき、通り魔に襲われてね」

「……それは大変でしたね。もしかして、かなりひどい怪我を?」

「左腕にけっこう大きな傷痕が残ってしまった。まあ傷も問題なんだが、それ以上に大きな問題があった。事件のせいで、彼女は外に出るのを怖がるようになってしまったんだよ。その後、大学に入ったけど休みがちでね。就職してからもラッシュ時の電車通勤がきつくて、じきに退職することになった」

「そうですか……」

広瀬は目を伏せ、空になった料理の皿をじっと見ている。こういう顔をすることもあるんだな、と尾崎は意外に思った。

「心の傷っていうのは厄介だよ。治るのが遅いし、治ったように見えてもぶり返すことがある」

「わかります。とてもよくわかります」

「俺が警察官になれば、いつかその犯人を見つけられるかもしれないと思った。……いや、時間も経ってしまっているし、難しいというのはわかっていたよ。でも可能性はある。犯人を逮捕できれば、いとこの気持ちも少しは変わるだろう。もう、怯えながら生きていかなくても済むようにしてやりたい……。そんなふうに考えていたんだよ。あの

「ころはね」

なるほど、と広瀬はうなずいた。

「尾崎係長は正義感の強い方なんですね。

「そうでもないさ。何だろうな……。自分の抱えている苛立ちや何かを、捜査にぶつけたかったのかもしれない」

「すばらしいですね。その考えには賛同します」

珍しく意見が合ったようだ。だが、注意しておかなければならないことがあった。

「あらためて言うが、さっき安川を追い込んだようなやり方は感心しないな」

「ええ……はい、そのようですね」

「ああいう威圧的な聞き込みはやめてくれないか」

「わかりました。今後、係長の前ではやらないようにします」

含みのある言い方だが、まあ今はそれでいいだろう、と尾崎は思った。

電車でJR錦糸町駅に移動した。

ここは総武線各駅停車と快速電車が停車する駅だ。東京メトロ半蔵門《はんぞうもん》線との乗り継ぎもできる。駅前には大きな商業ビルがあるし、周辺には飲み屋も多い。平日の夜は酔客で賑《にぎ》わい、週末には家族連れがやってくる町だ。

この駅を管轄するのは本所署《ほんじょ》だった。尾崎たちの深川署に隣接する警察署だ。ざっくり言うと錦糸町駅の北側、東京スカイツリーの向こうぐらいまでが本所署の担当エリアになる。一方、深川署の管轄は錦糸町駅の南側、豊洲《とよす》の辺りまでだった。

錦糸町駅からタクシーに乗って、尾崎たちは本所署に移動した。

隣接署なので、いろいろな捜査で協力し合うことが多い。人の行き来があるから、顔見知りはけっこういる。

一階で用件を説明したあと、交通課の部屋に向かった。

ちょうど席にいた知り合いの課長に挨拶し、過去の事案の情報がほしいと申し出る。

「何の件だ？　あまり古い話だと、資料を取りに行かなくちゃならない」

「五年前の交通事故です。今、ある事件の捜査本部がうちの署に設置されているんですがね」

「ああ、聞いている。ホトケさんはひどい有様だったそうだな」

「そのマル害と親しい男性がいたんですが、五年前に交通事故死したというんですよ」

「ん？　五年前に死んでるんだろう？　今回の事件と関係あるのか」

「それを明らかにするために、事故のことを調べたいんです」

わかった、と言って課長は席を立った。スチールラックの資料をしばらく調べていたが、やがて一冊のファイルを持って戻ってきた。

「そのテーブルを使っていいよ。終わったら声をかけてくれ」

「助かります」

会釈をして尾崎はファイルを受け取った。作業用のテーブルを借りて、広瀬とともに椅子に腰掛ける。

ふたりで捜査資料を確認していった。

坂本高之《さかもとたかゆき》という人物の供述記録があった。

事故が起こったのは五年前の三月六日、二十三時三分ごろのことだ。錦糸町駅から二百メートルほど離れた繁華街の路地で郷田裕治、三十七歳と、坂本高之、二十七歳がトラブルになった。どちらにも連れはいなかった。それぞれ別の店で酒を飲んだあと路地に出て、体がぶつかったなどの理由で言い争いになったのだ。

そのうち郷田がナイフを取り出し、坂本の左脚のふとももを刺したという。かなり深い傷だった。

坂本の悲鳴を聞いて、通行人たちが集まってきた。

たまたま別件の処理を終えた制服警官二名が近くにいたそうで、騒ぎになっている現場に駆けつけた。警察官の姿を見た郷田は驚いて逃走。警察官のうち、ひとりは被害者の様子を見るため現場に残り、もうひとりは全力で郷田を追跡した。郷田は何か叫びながら走っていったが、その言葉を聞き取れた者はいなかった。

やがて四ツ目通りに出た郷田は、強引に道路を横断しようとした。ところが、そこで乗用車に撥《は》ねられ、路面に激しく叩きつけられたのだ。

救急車で病院に運ばれたものの、郷田は数時間後に死亡したということだった。

「刺された坂本さんも、すぐ病院に搬送されているな」尾崎は資料を見ながら言った。「入院、手術となったが、後遺症が残ったようだ。たぶん歩くのに支障が出たんだろう」

資料を読み進めると、郷田裕治の経歴が出てきた。

指先で文字をなぞっていた広瀬が、何かに気づいたらしい。彼女は眉をひそめた。

「郷田裕治には前歴がありますね。窃盗、傷害、詐欺……。殺し以外はだいたい経験していたようです」

「こんなに逮捕歴があったのはなぜだと思う？」

尾崎が問いかけると、広瀬は即座にこう答えた。

「犯罪グループなどに所属していたか、あるいは暴力団の下働きをしていた。そういうことだと思いますが」

「だよな。……今回の事件の被害者、手島恭介は郷田の弟分だった。ふたりで組んで、いろいろな仕事を請け負っていたんじゃないだろうか。依頼主はおもに暴力団、野見川組だと思う。まあ、組員だったわけではないから、ほかの組織からの仕事も引き受けていたかもしれないけどな」

「理念も信念もなく、命じられるままに犯罪を行う……。最低ですね」冷たい口調で広瀬は言った。「私はそういう人間が大嫌いです」

「君もなかなか正義感が強そうじゃないか」

「警察官ですから当然ですよ。ただ、尾崎係長の正義感とは少し違うかと思います」

「どういうことだ？」

首をかしげて尾崎は尋ねる。広瀬は尾崎を正面から見つめた。

「郷田裕治は罪もない一般市民を刺して逃げた。そして車に撥ねられて死亡した。自業自得でしょう。私は、こんな犯罪者は死んでも仕方ないと思っています」

「シビアな意見だな。刑務所で罪を償わせるという話にはならないのか」

「なりませんね」

「なぜ？」

「こんな男は更生できません。刑務所で食べさせるのは税金の無駄づかいです」

尾崎は言葉に詰まった。彼女がそこまで言うとは思っていなかったのだ。

警察官の中には、あまりに正義感が強すぎる人間がいる。罪を犯した者を全力で憎み、逮捕のとき相手に暴力を振るってしまうような人間だ。尾崎はこれまでそういう刑事を何人か見てきた。

もちろん尾崎の中にも、犯罪者が許せないという気持ちはある。だが、自分の役目は被疑者を捕らえて取調べを行い、送検するところまでだ。警察官が独断で犯罪者を裁くことなど、あってはならないことだった。

少し釘を刺しておく必要がありそうだ。咳払いをしてから、尾崎は彼女にゆっくりと話しかけた。

「気持ちはわからないでもない。だがな、一般市民の前で今みたいなことは口にするなよ。絶対に言うな」

すると、広瀬は驚いたという表情になった。

「当然ですよ。そんなことを言うはずがありません」

「見ていて心配になったんだよ」

「私、そんなに信用がありませんか？」

信用できないから注意したわけだが、やはり本人は意識していないようだ。

「まあ、俺はまだ君のことをよく知らないからな」

とりあえず、そう説明するに留《とど》めた。

どうもこの広瀬という女性刑事は、マイペースで行動してしまう傾向があるようだ。本人は正しいと思っているのだろうが、組織には馴染《なじ》みにくいタイプだろう。

――いや、待てよ。むしろ、こういう性格のほうが好まれるのか？

容赦なく犯罪者に対峙《たいじ》する人間のほうが、警察の幹部たちにとっては都合がいいはずだ。広瀬のような人間は重宝されるのではないか、という気がする。

一方、尾崎などは捜査をしていても途中で立ち止まり、ふと考え込んでしまうことがある。決して上司に逆らったりはしないが、ときどき捜査方針に疑問を感じる場面があった。

「とにかくだ」尾崎は言った。「君がどんな信念を持っているかは知らないが、俺と一緒にいる間は、俺の言うことに従ってもらいたい」

「もちろんです。捜査方針を決めるのは尾崎係長です、私は係長の命令に従います」

広瀬が背筋を伸ばすのを見て、尾崎はまた考え込んでしまった。本気で言っているのか、あるいはその場しのぎの言葉なのか。この広瀬という女性の真意がわからない。

腕時計を見たあと、尾崎は資料ファイルのページをめくった。

7

午後八時から夜の捜査会議が開かれることになっている。

尾崎と広瀬は七時前に捜査本部へ戻り、報告のための情報をまとめていった。それぞれメモ帳を見て重要な項目を抜き出し、自分の考えを述べて意見を一致させておく。コンビの間で言うことが違っていては、のちに幹部から突っ込まれる原因になる。また、ふたりが別の方向へ進もうとしていたら、明日以降の捜査に支障が出てしまうだろう。

報告内容がまとまったので、打ち合わせを終わりにした。

広瀬はもう少し考えることがあると言って、自分のスマホを操作し始めた。

会議が始まるまで、まだ二十分ほどある。尾崎は部屋の後方に行き、ワゴンの上の紙コップを手に取った。電気ポットが用意してあるので、そのお湯でインスタントコーヒーを淹《い》れる。

窓際に佇《たたず》んで、ひとりコーヒーを飲んだ。

ガラス窓の外には、署の向かい側にある木場公園が見えた。土地はかなり広くて、ドッグランやバーベキュー広場などもある。日が暮れてすでに辺りは暗くなっているが、園内にはまだ人の気配があった。さすがに子供はもういないだろうが、犬の散歩をする飼い主や、ジョギングをする男女などが見える。

「どうしたんですか、尾崎さん。考え事？」

声をかけられ、尾崎はうしろを振り返った。

がっちりした体形の男性が笑みを浮かべていた。丸顔で髪が短く、額にほくろがあって、なんとなく大仏を連想させる。小田均《おだひとし》、三十五歳だ。同じ深川署の刑事だが、尾崎とは別の菊池班に所属している。年齢が近いので、尾崎としても親しみを感じる後輩だった。

「捜査の最中だぞ。誰だって事件のことを考えるだろう?」尾崎は顔をしかめる。

「そりゃそうですが、なんていうのかな、いつにも増して真剣そうだから」

「あんな遺体を見れば真剣にもなるさ。小田は現場に行かなかったのか?」

「別件でばたばたしてましてね。捜査本部が設置されてからの参加です。遺体は写真で見ただけでして……」

「現場を見なくてよかったと思うよ。いろいろな事件を捜査してきたが、あれほど悪意に満ちた殺害方法は初めてだ」

事件現場の様子が頭に浮かんだ。恨みがあったことはたしかだろう。だが犯人の労力は相当なものだった。わざわざ地面に人ひとり分の穴を掘っておき、そこに被害者を生きたまま埋め、シュノーケルでかろうじて呼吸をさせた。それだけでも常軌を逸しているのに、奴は非情にも水責めを行ったのだ。

いったいどれだけの悪意があれば、そんな殺害方法を思いつくのだろう。誰かに目撃されるリスクがあったのに、犯人は自分の考えた異様な計画を実行した。奴は何かに取り憑《つ》かれ、人としての情や理性を失っているのではないだろうか。

「あれ、紅茶はないんだっけ?」

別の男性が近づいてきて、ワゴンを覗き込んだ。濃いグレーのスーツを着ている。整髪料で髪をきっちり整える几帳面さは、以前からずっと変わらない。眼鏡をかけているのだが、楕円《だえん》形のフレームが特徴的だ。

同じ深川署に所属する、菊池信吾《しんご》班長だった。菊池は四十八歳のベテランだ。現場にこだわるタイプで、今はひとつの班を率いている。

「紅茶はないですねえ」部下の小田が言った。「昆布茶ならありますけど」

「昆布茶かあ。それは趣味じゃないんだよな」

苦笑いを浮かべながら菊池は言う。しばらくワゴンの上を物色していたが、結局最後にはコーヒーを選んだようだ。

ブラックコーヒーを一口啜《すす》ったあと、菊池は尾崎のほうを向いた。

「尾崎んとこの捜査はどうよ」

「まあ、ぼちぼちですね」

同じ署員とはいっても、まだ会議で報告していない情報を明かすのは憚《はばか》られる。親しさの中にもライバル意識というものはある。

「何か見つけましたって顔だな。俺にも言えないのか？」

「すみません。会議の席で報告しますので」

「一人前の口を利くようになったじゃないか。このひよっこが」

「俺、三十七ですよ。ひよっこはないでしょう」

「もう立派なニワトリか。けっこう、けっこう、こけこっこう、ってか」

そんなことを言って菊池は可笑《おか》しそうに笑う。つまらない駄洒落《だじゃれ》だと思いながら、尾崎もつい口元を緩めてしまった。小田も、仕方ないなという顔で笑っている。

自分の厳しさを誇示する刑事が多い中、菊池は後輩や部下とのコミュニケーションを大事にする人だった。こうして休憩時に軽口を叩くことも多い。状況によっては年下の人間から舐《な》められてしまうところだが、彼の場合はそうならなかった。捜査で毎回きちんと成果を挙げていることを、周りの人間はみな知っているからだ。

「冗談はおいといて、だ」菊池は眼鏡のフレームを押し上げた。「今回の犯行には猟奇的なものを感じるよな。やり口があまりにもエグい」

佐藤も同じようなことを言っていた。そうですね、と尾崎は応じる。

「用意周到なところにも、自分の行動へのこだわりを感じます」

「こだわりですか」小田が口を挟んできた。「何ですかね。奴は自分に酔っているのかな」

「多かれ少なかれ、そういうところはあるだろう」菊池がうなずいた。「怖いのは、そういうこだわりがエスカレートする可能性があることだ」

「エスカレートというと？」尾崎は首をかしげる。

「猟奇犯ってのは犯行を何度も繰り返すことが多い。ひとつうまくいってしまったんだ。今ごろ、次の事件の準備をしているんじゃないか？」

尾崎も小田も黙り込んだ。付近の空気が急に重くなった。

言われてみればそのとおりだ。今回の成功に味を占めて、犯人は次の事件を起こすおそれがある。尾崎は今まで、猟奇的な殺人事件の捜査には関わったことがなかった。もしかしたら今回、自分は大きな経験を積むのかもしれない。

「面白そうな話をしているな」

新たな声が聞こえた。こちらにやってくる男性を見て、尾崎たちは姿勢を正す。

会議で指揮を執っている、捜査一課五係の片岡係長だった。トレードマークとも言える水玉模様のネクタイを、きゅっと結び直して近づいてくる。

「お疲れさまです、係長」

尾崎は片岡に向かって一礼した。片岡とは過去の捜査で面識がある。しかし、だからといって親しく話ができるような間柄ではない。

「猟奇犯は犯行を繰り返す。……菊池さんの言葉には説得力があるな」

「えっ、あ、はい、恐縮です」

菊池は驚いた様子で頭を下げた。先ほどまで後輩たちと笑っていた彼が、片岡を前にしてかなり緊張しているようだ。

「こんな想像はしたくないが、もし次に犯人が事件を起こすとしたら、どうなるだろう」

仮定の質問ではあるが、かなり踏み込んだ問いかけだった。菊池は戸惑う様子を見せながらも、片岡にこう答えた。

「係長、私はいつも、ある想像をしながら捜査を行っています。もし自分が犯人だったらどうだろう、という想像です。この事件を起こした動機は何か、どんなふうに準備をしたか、目的を果たして何を感じたか。そういうことを想像します」

「なるほどな」片岡はうなずいた。「……で、今回の事件でもそれをやってみたのか」

「はい。私が犯人であれば、警察の動きに注意しながら次の計画を進めるだろうと思います。三好での事件を振り返り、必要があれば計画を修正するなどして実行に移します」

「……すでに次の計画があるわけか」

「ないはずはありません。おそらく犯人は、最後までシナリオを書いています。自分のプランを成功させるために」

そこまで話してから、菊池は急に落ち着かない顔で身じろぎをした。

「すみません。よけいなことを言ってしまいました」

「いや、とても参考になるよ。捜査報告も楽しみにしている」

じゃあ、と言って片岡は幹部席のほうへ戻っていった。

張り詰めていた空気が緩んで、菊池は深いため息をついた。小田が彼に話しかける。

「菊池班長らしくないですね。あんなに緊張しちゃって」

「なんだよ、茶化《ちゃか》すなよ」鼻を鳴らしてから、菊池は小田を睨みつけた。「この、ひよっこめ」

「どうもすみません」

ふたりのやりとりが可笑しくて、尾崎は思わず苦笑いしてしまった。

だが、すぐに表情を引き締めた。先ほど菊池が口にしたことを思い出すと、胸の内で不吉なものが膨らんでくる。嫌な予感は、なかなか頭から離れそうになかった。


定刻になり、捜査会議が始まった。

まず、警視庁本部の鑑識課から報告があった。

「被害者・手島恭介の死亡推定時刻は昨日、四月十四日の二十一時から二十三時の間です。自宅を調べたところパソコンがあり、パスワードは比較的容易にわかりましたので現在、ハードディスク等のデータ分析を進めています。しかしメール関係を見ても、特に目を引くものは見つかっていません。本人にとって重要なメールは、スマートフォンでやりとりしていたものと思われます」

「そのスマートフォンは、まだ見つかっていないんだな？」

片岡係長が尋ねると、鑑識の主任は深くうなずいた。

「ええ。犯人が奪っていったのかもしれません」

「普通に考えればそうだろう。ほかのものはどうだ。メモやアルバムなどは？」

「順次確認しています。……ああ、一点、気になるメモが見つかりました」

ほう、と言って片岡は鑑識主任を見つめる。

「聞かせてくれ」

「ノートにこのような書き込みがありました。読み上げます。『オレは関係ない！　タイミングが悪い！　責任を取れ！』……そういうメモでした」

しばらく考え込む様子だったが、やがて片岡はマーカーを手に取った。鑑識主任に確認しながら、ホワイトボードにそのメモの内容を書いていく。

「俺は関係ない、か」片岡は腕組みをした。「誰かに責任を取れと言っている。もしかしたら、何かのトラブルに巻き込まれたのか。……しかし、このメモだけでははっきりしないな。今の時点ではこれを手がかりと断定することはできん。単なる落書きかもしれないからな」

片岡の言うとおりだ。人は都合のいいように情報を解釈してしまいがちだ。特に殺人事件の捜査をしていると、目にするものがどれも事件のヒントのように見えてくる。

だが、そのメモが落書きだと断定できないことも事実だった。捜査で見つけた情報のひとつだということは間違いないのだ。いつかそれが役に立つときが来るかもしれない。

各捜査員による報告が始まった。

捜査初日は、捜査員から上がってくる情報が特に多くなる。地取り、鑑取り、証拠品捜査など、それぞれの班の刑事たちが順次指名を受け、集めてきた情報をみなの前で説明していく。

尾崎・広瀬組の番になった。実力を見せてもらおうと思い、尾崎は彼女に命じて、捜査情報を報告させた。

「私どもは被害者の過去について調べました。手島恭介はクマダ運輸の下請けをしていましたが、実は暴力団・野見川組の運び屋もしていたという可能性が出てきて……」

彼女は順序立てて、捜査の様子を説明していった。無駄がなく、足りないところもなく、報告としては理想に近い形だと言える。ショートカットの髪にすっきりした目、すらりとした体形から、誰もが知的な雰囲気を感じていることだろう。そしてその予想を裏切ることなく、彼女は実にスマートな話し方をした。これを見て、広瀬に好感を抱く捜査員は多いに違いない。

——しかし、コンビを組む相手としては、癖が強いんだよな。

今日一日だけで尾崎はそれを実感した。広瀬を嫌っているわけではないし、優秀な面があることも理解している。だが、彼女とはどうもやりにくいと感じてしまう。とはいえ、今揉めてしまっては捜査に支障が出る。今は尾崎が懐の広いところを見せておくべきだろう、と思った。

捜査会議が終わったのは、午後十一時過ぎのことだった。

すでに遅い時間だが、加治山班長が尾崎たちに声をかけてきた。

「すまんが、このあと少し班のミーティングをしたい。場所を変えよう」

尾崎たちは捜査本部を出てフロアを移動し、いつもの刑事課の部屋に戻った。ここへ来れば、自分たちのホームグラウンドという雰囲気があって落ち着ける。

打ち合わせスペースで、現時点での捜査情報を交換した。会議の席ではあまり突っ込んだ話をする余裕がない。だから少人数でのミーティングは、頭を整理するのにちょうどいいと感じられる。

「俺と矢部は、被害者・手島恭介の古い友人を当たっていった」加治山が言った。「その過程で、尾崎たちと近い情報を得ることができた。手島は野見川組から仕事を請け負っていた。そんな環境の中、悪い仲間が大勢出来たというわけだ。まったく厄介な話だな」

「当然、組員とも親しかったということなんですよ」

そう言ったのは、班長の相棒である矢部だ。彼は右手で、自分のスポーツ刈りの頭を撫でている。こうすると気持ちが落ち着き、いい発想が出るというのが本人の弁だ。

「明日も関係の深かった組員に当たっていく予定です」矢部は報告を続けた。「それから、もちろん組員以外にも友達はいましたから、そっちも調べていきます。闇社会の人間が多いので、みんな口が堅そうなんですけどね」

矢部は体育会出身者だ。暴力団関係の人間とも渡り合える度胸を持っている。ただ、もしトラブルが起きそうになったら、そのときはコンビを組む加治山班長が止めてくれるだろう。

「ちょっと筋読みをしてみますかね」ベテランの佐藤が言った。「手島は郷田の弟分だったということですが、暴力団の下働きをするような人間です。血の気が多くて、かっとなれば我を忘れてしまう性格だったのかもしれません。郷田もまた、しかりです。ある時期から、ふたりの仲は険悪になっていた可能性はないですかね」

「ふたりが揉めていた、ということですか？　それはどうでしょうか」

　真剣な表情で塩谷が言った。彼はどんな場面でも生真面目で論理的だ。意見の合わない者とも、議論することを厭《いと》わない。

「兄貴分、弟分ということは周りも知る事実だったわけですよね。組織内での派閥争いならともかく、ふたりきりなのに揉めるというのが納得できません。手島が刃向かってきたのなら、郷田は力ずくで抑え込めたんじゃありませんか？　もともとそうやって手島を弟分にしたんでしょうし」

「ええと、まあ、そういう考え方もあるか……」佐藤は唸って腕組みをする。

　あの、と言って広瀬が右手を挙げた。「何だ？」と加治山が問いかける。

「ひとつ思いついたことがあります。今の佐藤さんの考えを発展させて、五年前、手島恭介が郷田裕治を嵌めた、と見るのはいかがでしょうか」

「嵌めた、というのは？」尾崎は広瀬に尋ねた。

彼女はこちらをちらりと見てから、視線を班長のほうに向けた。

「ふたりの間に何らかのトラブルがあったんでしょう。あるいは、手島が一方的に兄貴分の郷田を疎《うと》み、憎んでいたのかもしれません。手島は計画を立て、郷田が酒に酔って路上で喧嘩《けんか》をするよう仕向けた。郷田は一般市民を刺したあと逃走し、車に撥ねられて死亡した……」

「車に撥ねられたところは偶然なのかい？」

佐藤が首をかしげた。広瀬はその問いに答える。

「そこも計算されていたんだと思います」

「え？　逃走中、郷田が車道に飛び出すのを何者かが待っていた。そして撥ね飛ばし、うまい具合に死亡させた、ということか？　それはどうかなあ……」

佐藤の言葉を聞いて、塩谷もうなずいている。加治山や矢部も同じ意見のようだ。

それはですね、と広瀬は言った。

「今の時点では詳しい経緯まではわかりません。でも手島が何らかの方法を使って郷田を殺害した可能性はあります。すぐに捨ててしまうには惜しい着想だと思います」

それについては尾崎も異論なしだった。まだ捜査が始まって一日目なのだ。ここで可能性を絞り込んでしまうのは得策ではないだろう。

「もし私の推測が成立するなら、たとえば郷田裕治の遺族や知人などが、復讐《ふくしゅう》のため手島恭介を殺害したという見方もできます」

「突飛といえば突飛だが、却下するのはもったいないかもな」

加治山は自分のメモ帳にペンを走らせた。

ほかにいくつかの可能性を議論して、ミーティングは終わりになった。

明日もしっかり捜査を進めなければならない。それぞれ食事をして休むことになった。


ミーティングで話し合ったことを、自分なりに掘り下げておきたいと思った。

もうしばらく、尾崎はこの講堂で情報を整理することにした。

「広瀬は適当なところで上がっていいぞ。明日は八時に捜査本部に来てくれ」

尾崎が言うと、広瀬は捜査資料から顔を上げた。

「ありがとうございます。では失礼します」

男性は道場に布団を敷いて雑魚寝をするが、女性には専用の仮眠室が用意されている。

同じ深川署のフロアを移動するだけだから、こんなに楽なことはない。

広瀬が出ていくのを見送っていると、加治山班長が話しかけてきた。

「どうだ、広瀬とのコンビは」

「そうですね……」

と言ったまま、尾崎はしばらく考え込んでしまった。それを見て、加治山が怪訝そうな顔をする。

「なんで黙り込んだよ」

「……ああ、すみません。彼女は融通が利かないというか、癖の強いところがありますよね。正直な話、少し扱いにくいと感じます」

「たしかに融通が利かない面はあるな。でも前の職場からの情報だと、上司の命令はよく守っていたそうだ」

「本当ですか？　俺にはちょっと不安がありますけど」

考え込む尾崎を見て、加治山は眉をひそめている。彼は小声で尋ねてきた。

「どうした？　何か気になるのか」

「ちょっと昔のことを思い出してしまって……」

尾崎が口ごもると、加治山は事情を察したという表情になった。

「なるほど。そういうことか」

加治山は何度かうなずいたあと、白い壁をじっと見つめた。すべてを説明しなくても、尾崎が言いたいことをわかってくれたようだ。

「まあ、しばらく様子を見てくれないか。明日もよろしく頼む」

尾崎の肩をぽんと叩いて、加治山は席を立った。そのまま彼は廊下へと向かう。

ほかの同僚たちも、すでに部屋を出ていた。残されたのは尾崎ひとりだけだ。椅子に腰掛けたまま、尾崎は大きく伸びをした。それから立ち上がり、凝《こ》った右肩を大きく回しながら窓に近づいた。

街灯の向こうに木場公園の木々が見えた。さすがにこの時間、道路を歩く人の姿はない。

いや、人影がひとつ見えた。服装と髪型に見覚えがある。あれは広瀬だ。

弁当でも買いに行くのだろうか。そう思いかけて、尾崎は首をかしげた。最寄りのコンビニがあるのは南の方角、木場駅のほうだ。だが今、彼女は反対側、北のほうに歩いていく。あちらに飲食店があるのだろうか。だが、あったとしても午前零時を回ったこの時間、食事ができるとは思えない。

広瀬はまっすぐ前を見て、足早に進んでいく。街灯の下、道路に影が細長く伸びている。

そんな彼女の姿を、尾崎は窓越しにじっと見つめていた。

第二章　奪われた光

1

四月十六日、午前七時十五分。

身支度を整えたあと、尾崎は深川署の講堂に入っていった。

捜査本部にはすでに二十名ほどの刑事たちが集まっていた。捜査本部が設置されてから二日目の今日、やるべきことは山ほどある。それらを整理し、段取りを考え、いかに効率よく捜査を進めるか、みな真剣に計画を立てているのだ。

広瀬はまだ出てきていない。それを知って、なぜだか尾崎はほっとした。彼女を嫌っているわけではないが、どうも自分の中に苦手意識があるようだ。相棒にあまり気をつかう必要はないとは思うものの、どうもあの広瀬という女性は扱いが難しい。

昨夜のこともそうだ。

班でのミーティングが終わったあと、深夜零時過ぎに彼女はどこへ行ったのだろう。もちろん、ひとりで行動してはいけないというルールはない。食事の時間がずれることもあるし、捜査の都合で深夜に情報収集が必要な場合もある。

ただ、それにしても広瀬の行動は不思議に思われた。今の時点で彼女が深夜に聞き込みをする理由はないし、仮に何らかの事情があったとしても、尾崎に黙っているというのは変だ。

しばらく考えてみたが、思い当たることはなかった。まあ、尾崎ひとりであれこれ想像しても仕方がない。チャンスがあれば、あとで本人に確認してみよう、と思った。

講堂のうしろに行って、インスタントコーヒーの準備をした。頭をすっきりさせたいときはコーヒーを飲むに限る。

見慣れた顔がこちらに近づいてきた。活動服を着た、目のぎょろりとした男性だ。彼を見ると、尾崎はテレビに出ている九州出身のお笑いタレントを思い出してしまう。

彼は深川署の鑑識係に所属する藪内順平《やぶうちじゅんぺい》だ。歳はたしか三十四歳。普段から気の置けない間柄だ。

「藪ちゃん、藪ちゃん」尾崎は愛称で呼びかけた。「今、本部鑑識の下でいろいろ調べているよな？」

「ああ、尾崎さん、おはようございます」藪内は大きな目でこちらを見た。「そうなんですよ。さすがに本部の鑑識さんは手際がいいですね。勉強させてもらってます」

「何か情報があれば聞かせてくれないか。捜査に活《い》かしたい」

尾崎に乞われて、藪内はわずかに首をかしげた。

「大事なことは昨日の会議で全部出ましたよ」彼は紙コップを手に取った。「まだ捜査の初期段階ですから、いろんな結果が出るのは今日以降でしょう」

「マル害の部屋を調べてみて、何か気になるものはなかったかな」

「そうですねえ」藪内はインスタントコーヒーの粉を、さらさらとコップに入れた。「まあ、今の段階では特に……」

「何でもいいんだ。たとえば、アルバムの写真をよく見たら妙な男が写っていたとか」

「いやいや、そんなオカルトみたいな話はないですよ」

「古いＣＤやＤＶＤに何か記録されていたとか、そういったことは？」

「ですから、そのへんは分析の結果を見ないと……」

ここで藪内はふと黙り込んだ。記憶をたどっているような表情だ。

ひとつうなずいてから、彼は話しだした。

「最近使っていたスマホは見つからないんですが、古いスマホはあったんですよ」

「本当か。何かデータは？」

「ほとんどなかったですね。もう何年も使われていないものらしくて、電話帳や通話履歴などはすべて削除されていました。写真は大量に残されていましたけど、風景や建物ばかりでね。人を写した写真は一枚もありませんでした」

藪内の答えを聞いて、尾崎は肩を落とした。何かないかと期待したのだが、そううまくはいかないようだ。

「念のため、今度その写真を見せてくれないか。どこかにヒントがあるかもしれない」

「今、本部の鑑識課が調べてますんで、戻ってきたらお知らせしますよ」

「ああ、頼む」

コーヒーを飲み干して、尾崎は昨日座っていた席に戻った。

捜査資料を開いて、最初から読み直していく。メモ帳に書き込んだ内容と突き合わせ、そこから何か思いつくことはないかと知恵を絞ってみる。だが、駄目だった。まだ情報が少なすぎるのだ。現段階ではひたすら捜査を続け、情報を積み上げていくしかないだろう。

ふと腕時計を見ると、午前七時五十五分になっていた。隣の席は空いたままだ。講堂の中を見回しても広瀬の姿はない。

――あいつ、何をしてるんだ？

八時には捜査本部に来るよう言っておいたのだ。まさか遅刻はしないだろうな、と尾崎は不安になってきた。

腕組みをしながら待っていると、七時五十九分になってようやく広瀬が講堂に入ってきた。

「おはようございます、係長」

　そう言って彼女は自分の席に着く。捜査資料を机の上に広げ、スマホを操作し始めた。

「何かあったのか」尾崎は彼女に問いかけた。

「はい？」広瀬は不思議そうな顔をしている。「いえ、何も。……どうしてですか？」

「八時ぎりぎりだったからさ」

「ええ、八時に来るよう言われましたので」

「それはそうだが、普通、八時と言われたら、せめて五分前には来ないか？　俺が君の立場だったらそうするが」

　広瀬はじっと考えていたが、やがて怪訝そうな表情になった。

「私は五分前に来るべきだったんでしょうか。だとしたら、七時五十五分に来るよう命じてくださらないと……」

　今度は尾崎が口を閉ざした。しばらく相手の顔を見つめてから尋ねる。

「ええと……君は今までずっとそういうスタイルなのか？　何か言われたことはないのか」

「言われましたね。ですが、正確に命令してくださいとお願いしたら、みなさんそうしてくださいました。今の例なら『七時五十五分に来い』と命じていただければ、私は七時五十五分に間に合わせます」

言っていることは間違っていないのだが、どうも調子がくるってしまう。あまりにも彼女が落ち着いているものだから、こちらが悪いのではないかと思えてきた。

「五分前集合というような習慣はないってことか」

「ないですね」

素っ気ない調子で広瀬は答える。機嫌が悪いのかと思ったが、そういう表情でもない。あくまで平常運転という雰囲気だ。

尾崎などは先輩から、五分前には集合しろとずっと言われてきた。それが当たり前だと思っていたのだが、違うのだろうか。そっと様子を窺ってみたが、広瀬に悪意があるという気配は感じられない。だとすると、彼女にとってはこれが普通なのか。

あれこれ考えながら、尾崎は捜査資料に目を落とした。

朝の会議では、二日目の捜査について簡単なスケジュール確認が行われた。時間が惜しいという思いはみな同じだ。短時間で会議が終わると、捜査員たちは表情を引き締めて活動を開始した。

尾崎の組は昨日と同じく、鑑取り捜査が担当だ。広瀬とともに深川署を出て、三ツ目通りを木場駅のほうに歩きだした。今日も電車での移動が中心となる。

「係長、どこから始めましょうか」

広瀬が尋ねてきた。少し考えてから尾崎は答える。

「錦糸町の事件を調べたい」

「郷田裕治が交通事故死した件ですか？　だったら、もう資料も見ましたし……」

「それに関連することがいろいろある。まずは、郷田とトラブルになって脚を刺された坂本高之さんだ。彼に当日の状況を尋ねよう」

尾崎がそう言うと、広瀬は胸の前で小さく右手を挙げた。

「ひとつ質問があります。私たちは手島恭介が殺害された事件を追っていますよね。五年前の郷田裕治の死亡事故は、今回の事件とは直接関係ないと思うのですが……」

いかがですか、というふうに彼女は首を斜めに傾ける。

咳払いをしてから尾崎は言った。

「しかし郷田は手島の兄貴分だった。手島に少なからぬ影響を与えた人物だろう」

「そこまでは納得するとして、その先はどうでしょうか。手島恭介のことを調べるのは有効でしょう。郷田裕治を調べるのも、まあ反対はしません。ですが、郷田と揉めた坂本さんは、本件捜査とはまったく関係ないと私は思います」

広瀬は真剣な顔で主張した。どうも話が面倒なことになってきたようだ。尾崎は相手を宥めるように、何度かうなずいてみせた。

「君の言っていることはわかる。だが、俺は坂本さんに会ってみたい」

「刑事の勘ですか？」

「まあ、言ってしまえばそういうことだ。……広瀬、この件について君は何か不満があるのか？」

普段より口調を強めて、尾崎は彼女に問いかけた。捜査の主導権はあくまで自分にある。それを暗に示したつもりだった。

広瀬は思案する様子を見せたが、じきに首を横に振った。

「いいえ。不満はありません。尾崎係長が命令してくだされば、私はそれに従います」

真面目な顔で彼女は言う。だがそれをすぐに信じるほど、尾崎も単純ではない。

「本当なのか？　あとであれこれ言われても困るんだが」

「そんなことはしません」

「心の中で、俺を批判されるのも気分が悪い。コンビを組んでいるんだから、捜査について方向性は一致させておきたい」

「一致も何も、ただ係長が命じてくだされればいいんです。私は従うだけです」

彼女は、当然でしょうと言いたげな顔をしている。

尾崎は広瀬をじっと見つめた。ふてくされているという感じではないし、腹に一物《いちもつ》あるという気配もない。だが、それにしては言い方がストレートすぎる。

「とにかく、これから坂本さんに会って話を聞く。いいな?」

そう尾崎が言うと、広瀬はすぐにうなずいた。

「承知しました。坂本さんの連絡先を調べます」

「いや、それはいい。今日行くことは本人にも伝えてある。会議の前に電話したんだ」

「え……」広瀬は驚いたという顔で、大きくまばたきをした。「なぜ係長がそんなことを……。私に命じてくだされぱいいのに」

今度は尾崎のほうが驚いてしまった。

捜査方針に疑問を差し挟んだかと思えば、急に従順な態度をとったりする。どうにも行動が読みづらい。

「よし、行くぞ」

彼女を促して、尾崎は交差点へと向かった。


坂本高之の自宅は日本橋人形町《にほんばしにんぎようちよう》にあるという。

木場から地下鉄東西線に乗り、茅場町《かやばちよう》へ。そこで日比谷線に乗り換えた。

人形町というと昔ながらの甘酒横丁などが有名だが、少し歩けばビジネス街もあるし、新しいマンションなど住戸も多い。スマホの地図を見ながら尾崎たちは歩いていく。やがて坂本が住む賃貸マンションが見つかった。

茶色い外壁なので遠くからでもよくわかる。一階には弁当屋とクリーニング店が入っていて、生活するのに便利そうだ。

エレベーターで二階に上がる。かごから降りてすぐ目の前、二〇二号室に《坂本》という表札が出ていた。

インターホンのボタンを押すと、五秒ほどして応答があった。

「はい……」

「朝、お電話した警視庁の尾崎です。少しお時間をいただけますか」

「ああ、お待ちください」

声の感じからすると、あまり快活な人ではないようだ。もともとそういう性格なのか、それとも今日は機嫌がよくないのか。

じきにドアが開いて、坂本が顔を出した。

彼は尾崎を見たあと、うしろにいる広瀬に目をやって、驚いたように眉を上げた。モデルさながらの女性の訪問が意外だったのだろう。

「お忙しいところ、すみません」尾崎は言った。

坂本の年齢は三十二歳だとわかっている。身長は広瀬より少し低いから、百六十五センチほどだろうか。理髪店が嫌いなのか、それとも行く暇がないのか、髪が長めでもっさりしていた。色白なのは運動をしないせいだろうか。

見た感じ、生気があまり感じられない男性だった。

「あの……話って何でしょうか。今日はあと一時間ぐらいで、仕事に出かけなくちゃいけないんですが」

怪訝そうな顔で坂本は尋ねてくる。声にもハリがない。

「ああ、すみません」尾崎はあえて明るい調子で答えた。「五年前のことについて、少しうかがいたいと思いまして」

「五年前って……あのことですよね。なんで今ごろ？」坂本は眉をひそめる。

尾崎は共用廊下の左右を気にするような素振りを見せた。

「あまり人に聞かれたくないことなんです。坂本さん、ちょっとお邪魔させてもらえませんか」

坂本は思案する様子だった。面倒だな、と感じているのがよくわかる。それでも彼は、ひとつ息をついてから顎をしゃくった。

「わかりました。上がってください」

彼は踵《きびす》を返した。尾崎と広瀬は靴を脱いで、あとに続く。

廊下を戻っていく坂本のうしろ姿を見て、尾崎は広瀬に目配せをした。彼女も気づいていたらしく、小さくうなずいている。

坂本は左脚を引きずっていた。

尾崎と広瀬はダイニングキッチンに通された。テーブルを挟んで、尾崎たちは坂本と向かい合う。

「あいにくですけど、お茶は出せませんよ」坂本は言った。「僕はお茶もコーヒーも飲まない人間なんです」

「どうか気になさらないでください」尾崎は答えた。

坂本は椅子の背もたれに体を預けた。気が進まないという内心の思いを、目に見える形で表したようだ。

「さっき、私の脚を見ていたでしょう」

急に坂本がそう尋ねてきたので、尾崎は戸惑った。坂本にとってそれはデリケートな話題だろう。しかし本人が切り出してきたのだから、下手にごまかしてはまずいという気がする。

「……まだ痛みはあるんですか？」

前置きを飛ばして、尾崎は一歩踏み込んだ質問をした。そうすることで、よけいな説明を省き、本題に入ろうとしたのだ。

「痛みはありません。でもね、この傷痕を見ると不思議な気持ちになるんですよ」

「不思議な気持ち？」

「なんで僕の脚にだけこんな傷痕があるんだろう。どうしてこんな目に遭わなくちゃいけなかったんだろう。そういう疑問が湧いてきます。刑事さん……尾崎さんでしたっけ。あなたは運命というものを信じますか?」

「……信じてはいませんが、そういうものはあるんじゃないかと思っています」

「あらかじめそう決まっていたのであれば、仕方のないことです。だけど、ほんの一分ですよ。あと一分、僕が店を出るのが早いか、あるいは遅ければ、郷田と会わずに済んだんです。そうであればトラブルは起こらなかったし、僕が脚を刺されることもなかった。悔やんでも悔やみきれません」

「本当に、お気の毒なことだと思います」

「お気の毒、ですか。……まあ、そうでしょうね。あなたたちには関係ないことだし」

坂本は自嘲するような調子で言った。それから、わざとらしくため息をついた。

「これが僕の運命だというなら、受け入れなくちゃいけないのかもしれない。でも、難しいんです。僕はいまだに納得できません。怒りをぶつける先がないんです。おわかりですよね?」

「ええ。郷田さん——いえ、郷田裕治は事故で亡くなってしまいましたから」

「くそ、あの男!」突然、坂本は声を荒らげた。「死ぬのは当然ですよ。裁判をやって、何年か刑務所に行っても、どうせすぐ出てきてしまうんでしょう? だから死んでくれてよかった。……ですが、あいつが反省したり謝罪したりする姿はまったく見られませんでした。せめて事故のとき、あいつが苦しむ様子でも見られれば、僕は気が晴れたかもしれないのに」

宥めるべきか、たしなめるべきか、それとも慰めるべきなのか。尾崎には判断ができなかった。ただ、ひとつ言えるのは、坂本の話が強い毒のような憎しみに満ちていることだ。これだけきつい言葉を並べられては、素直に同情することもできない。

坂本との距離をはかりかねていると、広瀬が口を開いた。

「発言してもよろしいですか？」

一瞬、嫌な予感がした。彼女はまた、警察官としてふさわしくないことを言い出すのではないか。尾崎は広瀬にささやきかける。

「言葉には気をつけてくれよ」

「わかりました」

うなずいてから、広瀬は背筋を伸ばして坂本を凝視した。

「郷田裕治はすでに死亡しています。今から郷田に復讐するのは不可能です。それはおわかりですよね？」

「当たり前のことだ。わかってますよ」

「何かできるのなら、あれこれ知恵を絞るのもいいでしょう。しかし、もはや郷田に復讐はできないのですから、考えるだけ無駄だと思います」

尾崎は一抹の不安を感じて、横から広瀬を見つめた。こちらの心配をよそに、彼女はそのまま話を続ける。

「あなたは、ご自分のために時間を使うべきです。有効に、そして効率的に」

坂本の顔に不満げな表情が浮かんだ。彼が苛立っていることは明らかだ。

「どうしろって言うんですか」

「ひとつ情報があります。昨日、郷田の弟分だった男性の他殺体が発見されました」

「……え？」

さすがにこの話には驚いたようだ。坂本は上体を前に傾け、身を乗り出すようにして広瀬を見つめた。広瀬は彼に問いかける。

「郷田が反社会的な勢力と関係していたことはご存じですよね？」

「ええ、当時、刑事さんから聞きました」

「今回、弟分の男性が殺害されたことは、兄貴分の郷田と関係があるのかもしれません。恨まれる理由はいろいろありますからね。それで今日、私たちはここに来ました。郷田の起こした事件について知りたいんです。坂本さんから五年前の話をうかがいたい、ということです」

坂本は疑うような目で広瀬を見ている。それを受けて、彼女はさらに話を続けた。

「あなたの証言が、郷田という男の罪を浮き彫りにするんです。そうすれば捜査が進展します」

「待ってください。僕が郷田に会ったのはあの一回だけですよ。時間にしてほんの三分か四分です。あいつのことなんか何もわからない」

「ごく短い間だったとしても犯罪の現場ですから、郷田の本性が出たはずです。断片的でもかまわないので教えてください。私たちは郷田裕治という人間について、できるだけ多くの情報を集めたいんです。どうですか、坂本さん。郷田を丸裸にしたいとは思いませんか」

「それは……郷田のことを調べ直すということですか」

「ええ。あらためて情報を集めていけば、結果として郷田裕治の恥ずべき姿が見えてくるはずです。あなたはそれを見て、溜飲《りゅういん》を下げることができます」

広瀬の話が、またおかしな方向へ進んでいきそうに思えた。尾崎は彼女に向かって、待て、というジェスチャーを送る。

だがそのとき、向かいに座った坂本が身じろぎをした。彼は真剣な表情を浮かべている。

「わかりました」

坂本がそう言ったので、尾崎は驚いてしまった。

「死者に鞭打《むちう》つようなことになったら面白いですね」坂本は冷たい口調で言った。「あいつのせいで僕はこんな体になってしまった。許せない気持ちは今もあります。……いいですよ。僕はあなた方に協力しましょう。あの男を辱《はずかし》めてやってください」

歪《いびつ》な気持ちに、歪な応援をして火を点《つ》ける。広瀬はそんなやり方を得意としているのだろうか。警察官としてこれを許していいものか、と尾崎は考えた。自分としては、答えはノーだ。

だがその一方で、こういうやり方をする刑事がほかにもいることを思い出した。記憶をたどれば五人や十人は出てくる。そして、そういう捜査員のほうが、より多くの成果を挙げているのだ。

「トラブルがあった夜のことを、詳しく話していただけますか?」

広瀬は相手の目を覗き込む。

こくりとうなずいて、坂本は当日夜の状況を説明し始めた。

2

雑貨店のそばに自販機コーナーがあったので、少し休憩することにした。

缶コーヒーを二本買って、一本を広瀬のほうに差し出す。すると彼女は首を横に振って、財布から小銭を取り出した。

「尾崎係長、これを……」

「いや、かまわないよ。俺が出しておく」

「ですが、昨日も昼食をご馳走《ちそう》になりました」

まあいいから、と説得して尾崎は缶コーヒーを彼女に手渡した。

「ありがとうございます。では、いただきます」

自販機コーナーには青く塗装されたベンチがある。ふたり並んで腰掛けた。

コーヒーを一口飲んでから、尾崎はポケットを探った。捜査用のメモ帳を取り出し、ページをめくる。

「結局、成果というほどのものはなかったな……」

「坂本さんの証言のことですね」

こちらを向いて広瀬が言った。彼女はもう自分のコーヒーを飲み干してしまったようだ。

尾崎はメモした内容を、指先でたどり始めた。

「今から五年前、三月六日の夜に事件は起こった……」

すでに捜査資料で事件の概要は把握してある。だがそこにははっきり書かれていないことを、尾崎は坂本から聞きたかった。一番気になっていたのはトラブル発生に至った経緯だ。

「その日、坂本さんは午後九時ごろからスペインバルで飲食をしていた。カウンター席で店のオーナーやアルバイトの女性と雑談しながら、ビールやワインを飲んだ。仕事で嫌なことがあって、少し飲みすぎたと本人は話していたな」

「当時、坂本さんは機械部品メーカーの工場に勤めていたんですよね」

そうだ、と尾崎はうなずいた。事件で脚を負傷したせいで、坂本は工場勤務ができなくなった。別の部署に異動したが、そこには馴染めず、結局退職することになったという。現在は派遣社員として、コールセンターに勤めているそうだ。

「二十三時過ぎ、彼は店を出て駅に向かった。かなり飲んだから、いい気分になっていたはずだ。自分では意識していなかっただろうが、ふらついていた可能性がある。しばらく路地を歩いているうち、彼はたまたまそこにいた男とぶつかった」

「さすがに、細かい状況までは覚えていないということでしたが……」

「酔っ払い同士の喧嘩だ。普通なら、少し殴り合って終わりだろう。しかしこのときは事情が違った。郷田がナイフを取り出したんだ。坂本さんはまずいと感じたが、もう遅かった。左脚を深く刺され、彼は悲鳴を上げた。警察官がやってきたのを見て、郷田は逃走した。……坂本さんが見たのはここまでだ」

そのあと郷田は無理やり道路を横断しようとして、車に撥ねられて死亡した。広瀬は自業自得だと厳しいことを言ったが、たしかに因果応報という印象はある。

警察の捜査には支障が出た。郷田が死亡してしまったせいで、坂本への傷害行為を詳しく調べることができなくなったのだ。それ以前の多くの犯罪についても、取調べができなくなってしまった。

広瀬はバッグから資料を取り出した。

そこには郷田裕治の写真が載っている。記されたデータによると身長百七十八センチ、体重は約九十キロと、がっちりした体格をしていた。髪は角刈りで、一見柔道の選手か何かのように感じられる。目が細く、眉が薄くて冷たい雰囲気があった。

「職務質問の対象になりそうなタイプですね」広瀬が言った。

「人を外見で判断するのはよくない。しかしだ、深夜この男がひとけのない道を歩いていたら、職質をかけたくなりそうだな」

「犯罪を重ねた人間は、独特の雰囲気をまとっています」広瀬は写真を見つめた。「この男にはそれが感じられます」

「さっき会った坂本さんは身長百六十五センチというところだろう。自分より一回り以上も大きくて、目つきも鋭い郷田には、恐怖を感じたかもしれない」

「体がぶつかってトラブルになったということでしたが……」

「ぶつかって、なんだおまえ、とか言いながら相手をよく見る。すると、そこにいたのは郷田裕治だ。これはヤバい、と坂本さんは思ったんじゃないだろうか。怒りくるった郷田はナイフを振り回し、坂本さんは逃げる間もなかった、というところだろう」

「坂本さんには気の毒ですが、危険を察知する能力が低かったとしか思えませんね」

そうつぶやいて、広瀬は資料をバッグの中に戻す。尾崎はコーヒーを飲み干した。

「まあ、そうだな。相手が郷田だとしたら俺はすぐに逃げ出すよ」

「職質するんじゃなかったんですか?」

「警察官としてはそうだ。だが自分がただの酔っ払いなら、そもそもこんな奴には近づかないよう気をつける」

ベンチから立って、尾崎はコーヒーの缶をごみ箱に入れた。広瀬もそれにならう。

さて、と尾崎が口を開いたとき、広瀬が「ああ、すみません」と言った。彼女はバッグからスマホを取り出し、液晶画面を確認する。

「緊急の連絡が入ってしまって……。よろしいですか?」

わかった、と尾崎はうなずいた。

尾崎をその場に残して、広瀬は足早に五メートルほど移動した。口元を押さえるようにして小声で通話を始める。

耳を澄ましていると、「何かわかりましたか?」とか「その件は継続して」とか、いくつかの言葉が聞き取れた。まだ引き継ぎを終えていない、過去の事件のことだろうか。

それとも、深川署に来てから尾崎の知らない捜査に携わっていたのか。

電話を切ってこちらへ戻ってきた広瀬に、尾崎は問いかけた。

「捜査関係の電話か？」

「そうですね。ちょっと情報をもらったもので」

「俺も知っておいたほうがいい話なら、詳しく聞かせてもらうが……」

「いえ、大丈夫です。気にしないでください」

広瀬は表情を変えずに言う。平静を装っているようだが、早くこの話を切り上げてしまいたいという気持ちが伝わってきた。

どうも不自然な態度だった。彼女は何か隠しているのではないだろうか。そういえば、昨夜、広瀬が深夜の道を歩いていたことも気になる。

尾崎はあらたまった調子で話しかけた。

「言わないようにしようと思っていたんだが……君は昨夜、どこかへ出かけたよな」

この質問は予想外だったようだ。彼女はしばらく口を閉ざしていたが、やがてこう答えた。

「買い物をしたかったんです」

「弁当か何かか？　しかしコンビニなら木場駅のほうにいくつもある。それなのに北へ向かったのはなぜだ」

「……そちらのコンビニに行きたかったんです」

「わざわざ?」

「ええ、そうです」

それ以上、広瀬は詳しいことを話そうとしない。尾崎としても彼女の行動を縛るわけにはいかないから、追及はここで終わらせるしかなかった。

――やりづらいな。

昨日から感じていたことだが、ここにきてストレスが高まった。彼女は何かを隠している。それはわかるのだが、詳細を聞き出すのは難しそうだ。

釈然としない思いが、尾崎の中で膨らみつつあった。

郷田裕治に関する捜査は一旦おいておくことにした。

今回の「三好事件」の被害者・手島恭介は、野見川組の下働きをしていたことがわかっている。このあと彼の仕事内容について掘り下げていこう、と尾崎は考えた。

ひとつ咳払いをしてから、尾崎は広瀬に言った。

「手島恭介は運送業をしていた。その件を調べてみないか」

「彼がどんなものを運んでいたか、ということでしょうか?」

「それも含めて、手島の仕事ぶりを知りたい。関係があった者をたどっていけば、いずれ野見川組から請け負った仕事も見えてくると思うんだ」

「何かの運び屋ではないか、ということでしたね」

「それを確認したいわけだ」

「さすがにヤクや拳銃などを運搬させた人間は、なかなか見つからないでしょうけど……」

「やってみなければわからない」

「もちろんそうですが、組員を相手にするとなると捜査の難航が予想されますね」

反論が多いせいで、ケチをつけられたような気分になってきた。尾崎は広瀬の顔を見つめる。

「君は俺のすることに反対なのか？」

つい問い詰めるような口調になってしまった。広瀬は驚いたという顔でまばたきをした。

「反対なんてしません。尾崎係長のほうが、階級は上ですから」

「しかし、いちいち不満そうじゃないか」

「とんでもない」彼女は首を左右に振った。「私は尾崎係長の命令に従います」

その言葉は前にも聞いたことがある。尾崎の命令に従う、と広瀬は明言しているのだ。

だが、それにしては人の考えに難癖をつけるようなところがある。

「俺に従うと言うんなら、不満げな顔をするのはやめてくれないか」

尾崎の言葉を聞いて、広瀬は眉をひそめた。

「私、不満げでしたか？」

「そう見えたよ。何かとつっかかってくるから、俺のやり方に納得できないんじゃないかと思っていた」

「まさか……。このコンビの捜査方針を決めるのは係長ですよ。私にはただ命じてくだされぱいいんです」

「文句はないのか」

「私のほうに文句なんて、あるわけないでしょう」

どうも話がよくわからない。言っていることとやっていることが、ちぐはぐという感じがする。しばらく考えてから尾崎は彼女に尋ねた。

「そうすると、君がいろいろ言うのは不満があるから、というわけじゃないのか？」

「違います。疑問に思ったことを質問しているだけです。または、こういう可能性もありますよとお伝えしているだけです」

「……自分の意見を押し通したいわけじゃない、と？」

「押し通したりしません。方針を決めるのは尾崎係長ですから」

「俺は命令すればいいのか、君に」

「ええ、命令してください。私はそのとおりに動きますので」

尾崎は低い声を出して唸った。つまりこういうことだろうか。彼女はその都度、疑問を口に出す。だが尾崎はそれを無視して——あるいは、参考にする程度に留めて、捜査の判断を下せばいいということか。

だったらいちいち質問せず黙っていてくれればいいのに、と思う。しかし性格上、彼女は疑問に感じたことを口に出さずにはいられないのかもしれない。

「俺の判断が間違っていたら、それ見たことかと責めるつもりじゃないだろうな」

「そんなことをする理由がわかりません」広瀬は言った。「私は係長の部下です。部下が上司を責めるなんて、あり得ないでしょう」

あり得ないことではないと思うのだが、ここは彼女の話に合わせることにした。

「わかった。じゃあ俺と一緒に、手島恭介の仕事内容を調べてくれ」

「承知しました」

結局、口答えが多いのは気にせず、広瀬にはただ命令すればよかったらしい。今まで感じていたやりづらさの原因はこれだったのか、と尾崎は納得した。

関係者を当たっていくうち、手島と親しかったという男性が見つかった。

飛田《とびた》といって、二カ月前まで手島と同様、クマダ運輸の配送を請け負っていた人物だ。

今はその仕事をやめ、ビル清掃の会社に勤めているという。今日のシフトは夜勤だそうで、昼間に話を聞くことができた。

「まさか、手島さんが殺されるなんてねえ……」

浅草橋《あさくさばし》駅近くのカフェでコーヒーを飲みながら、飛田は言った。歳は三十前後に見えるから、手島より十歳ぐらい年下ということになるだろう。

「危ない仕事に手を出しているみたいだったから、たぶんそのせいだろうなあ」

顔を曇らせて彼はつぶやいた。尾崎は尋ねる。

「手島さんとはどんなおつきあいをなさっていたんですか」

「一時期ふたりでよく飲みに行ってたんですよ。クマダ運輸の仕事は個人でやるから、普段は一緒になることはありません。だけど支店に行ったとき、何度か顔を合わせましてね。それで、個人的なつきあいで飲みにいったわけです。情報交換をしたり、仕事の愚痴をこぼしたりね」

「危ない仕事というのは、具体的にどんな内容ですか」

「もう亡くなったというから話してしまいますけど……。いい稼ぎ口がある、と手島さんは言ってたんですよ。どこかの暴力団でしょうかね、そういう組織の運び屋をしていたんですって」

そこまで手島が話していたとは驚きだ。酔って気分が高揚したせいなのか、それとも飛田を運び屋の仲間に引き込もうとしていたのか。

「誘われましたか、その仕事に」

「ええ。でも、俺はそういうのは怖いからって断ったんです。無理強《むりじ》いはされませんでしたけどね」

「郷田裕治という名前を聞いたことはありませんか」

「ああ、郷田さんですか。覚えていますよ。手島さんの先輩でしたよね」

これはいい、と尾崎は思った。隣をちらりと見ると、広瀬も小さくうなずいている。どうやら、飛田から何か情報を引き出せそうだ。

「手島さんはどんな話をしていましたかね」尾崎は続けて尋ねた。

「その郷田って人も組関係の仕事をしていたみたいですよ。まったく、怖いもの知らずですよねえ。……それでね、手島さんはいつも忙しそうにしてたんですが、郷田さんから頼まれて何かを調べていたらしいんです」

「いったい何を調べていたんでしょうか」

「町を見て回っていたとか」

「……町を？」

「大事な計画があるんで、その下調べだとか言ってね。まあ、詳しいことは教えてくれなかったんですが……」

下調べのために町を見て回る。その言葉を聞いて、尾崎の頭に浮かんだことがあった。もしかしたら郷田たちは何かの犯罪計画を立てていたのではないか。郷田の前歴の多さを見れば、自然にそういう疑いも出てくる。

「やっぱり、何かヤバい仕事だったんでしょうかね」

飛田も同じことに思い至ったようだ。だが、こちらとしては安易に同意することもできない。

尾崎は相手に向かって、曖昧にうなずいてみせた。

飛田と別れたあと、尾崎はカフェの外でスマホを取り出した。

通話履歴から、ある番号を呼び出して架電する。じきに男性が応答した。

「はい、加治山……」

班長の声だ。相手の都合もあるだろうから、尾崎は手短に用件を伝える。

「尾崎です。地取り関係の話なんですが、今回の事件現場の近くで、過去に手島恭介が目撃されてはいませんか」

「過去に、というと？」

「時期はわかりませんが、もしかしたら何か調べていたんじゃないかと思って」

「犯人が下見をするならわかるが、被害者の手島が前に来ていた、というのか？」

「俺の勘では、そうです」

「ちょっと待ってろ。今、報告書のデータを調べてみる」

昨日の聞き込みの結果は、各捜査員から報告書として上がっている。そのデータを加治山班長に調べてもらおうというわけだ。

三十秒ほどして、再び加治山の声が聞こえた。

「二件報告が上がっている。写真を見せて情報収集したところ、三好事件よりずっと前に、手島があのアパート付近で目撃されていたようだ。民家の庭を覗き込んだりしていたらしい」

当たりだ。尾崎は心の中で快哉《かいさい》を叫んだ。

「いつごろかわかりますか」

「日にちははっきりしないが、五年ぐらい前じゃないかという話だな」

「本当ですか！」

五年前といえば坂本が刺され、郷田が交通事故死した「錦糸町事件」の年だ。

偶然どちらも五年前だった、という可能性もある。だが、手島が何かの調査をしていたことが、錦糸町事件と関係していた可能性もあるだろう。

今の自分の考えを、尾崎は加治山に伝えた。

「まだ何とも判断がつかないな」加治山は言った。「とはいえ、面白い考えだ。引き続き情報を集めてくれ」

「了解です。では……」

そう言って尾崎は電話を切ろうとした。だがそのとき、加治山が鋭い声を出した。

「尾崎、待て！」

驚いて尾崎は耳を澄ます。電話の向こうで、加治山が部下から報告を受けているようだ。緊迫した空気が伝わってくる。

ややあって、加治山が言った。

「今、捜一から連絡があった。赤羽で殺しだそうだ。……メールで場所を教えるから、至急現場に向かってくれ」

「赤羽ですか？　どうして深川署の俺が？」尾崎は首をかしげる。

「うちで調べている事件と何か共通点があるそうだ」

「それはつまり……同一犯の仕業ということですか？」

「その可能性がある。厄介なことになったな」

スマホを握ったまま尾崎は黙り込んだ。そばにいる広瀬も事件の発生を察したらしく、険しい表情を浮かべている。

犯人は第二の事件を起こしたというのか。昨日の今日で、ふたり目を殺害したのだろうか。その行動はあまりにも早すぎる。

広瀬とともに、尾崎は浅草橋駅へと急いだ。

3

JR赤羽駅から徒歩約七分。住宅街の外れに目指す場所があった。

「あそこです。このへんの住宅街では、前に聞き込みをしたことがあります」

広瀬は辺りを見回しながら言った。彼女は先月まで赤羽署に勤務していたから、土地鑑があるのだろう。

目的地は赤錆《あかさび》の目立つ、角張った建物だった。風雨で汚れた看板に《勝山《かつやま》建材》と書かれている。以前その会社の倉庫として使われていたのだろうが、今はひとめでわかるとおり廃墟《はいきょ》となっていた。

その廃倉庫の前には数台のパトカーが停まっている。制服警官や私服の捜査員たちが忙しく出入りしていた。そして、その様子をじっと見ているのは近隣住民たちだ。

尾崎は野次馬という言葉が好きではない。現場を調べる警察官としては、彼らはたしかに厄介な存在だ。興味本位で集まってきて写真を撮ったり、噂を広めたりする人々は、しばしば捜査活動の妨げになる。だが、それをもってただ迷惑だとするのは間違っている。なぜなら、集まった人々の中には情報を持っている人物がいるかもしれないからだ。

近隣に住んでいたため現場の異変に気づいた、というケースもあるだろう。不審者を目撃したというケースもあり得る。そういう人たちを見つけて情報を得るのは、初動捜査として大事なことなのだ。だから、彼らを単なる野次馬とは思いたくなかった。

広瀬とともに白手袋を嵌める。それから、立ち番の制服警官に近づいていった。この現場の保全を行ったのは赤羽警察署の捜査員たちだ。

「お疲れさまです。深川署の尾崎といいます」

署に設置された捜査本部に所属していること、そこからの指示で臨場したことを説明した。そうこうしているうち、倉庫の敷地内から見知った男性がふたりやってきた。

「来たか、尾崎」

そう言ったのは捜査一課五係の片岡係長だ。水玉模様のネクタイを締めている。

もうひとり、片岡に付き従っているのは先ほど通話した加治山班長だった。彼は眉間に深い皺を寄せている。加治山は尾崎に向かって軽くうなずいてみせた。

「三好事件と共通点があると聞きました。どういうことでしょうか」

尾崎は片岡に問いかけた。

今朝の会議で尾崎は片岡を見ている。あのときも彼は厳しい表情を浮かべていたが、今その顔はさらに厳しく、そして険しくなっていた。

「遺体のそばに鎖が置かれていた」片岡は言った。

「三好の現場にあったものと同じ、ということですか」

「ああ。犯人はあれをトレードマークにしているようだ」

なるほど、そういうことか、と尾崎は納得した。

三好事件の現場になぜ鎖があったのか、ずっと疑問だった。もし犯人が故意に残したのなら、理由があるに違いない。だが、あの鎖にどのような意味が隠されているのか、今までわからなかった。

「自分がやった、という印だったわけですか」

同じものを置いていくことで、これは自分の犯行だと主張していたのだろう。

「おそらくそうだ。警視庁に届いたメールからも、それがわかる」

片岡はポケットから畳んだ紙を取り出した。彼がそれを広げると、パソコンで打ったらしい文章が現れた。

《アカバネニ　アル　カツヤマケンザイノ　ソウコヲ　シラベナサイ　キミタチニ　プレゼントガ　アリマス　アノ　クサリハ　ワタシノ　サイン》

尾崎はその文章を二回読んだ。広瀬も近づいてきて、横から紙を覗き込んだ。

「このメールを犯人が送ってきたんですか？」

「正確に言えば『犯人らしき人物』ということになるが、内容から見て間違いあるまい。これは奴の犯行声明だ」

低い声で片岡は言った。高ぶる気持ちを抑えているようだが、内心の苛立ちが滲《にじ》み出ている。警察をあざ笑うような犯人の行動に、憤りを感じているに違いない。

「犯人は事件の現場を教えてきたということですよね」

尾崎が尋ねると、片岡の隣にいた加治山が答えた。

「そういうことだ。奴は事件を隠そうとはせず、早く遺体を発見させようとして情報を送ってきた。愉快犯というべきなのか……。まいったな」

「自分の犯行を自慢したいのかもな」片岡は腕組みをした。「わざわざメールしてきたことから、警察に何らかの恨みを持っていることも考えられるが……。この件、君たちはどう思う?」

片岡は尾崎たちのほうを見て尋ねた。尾崎が思案していると、横で広瀬が口を開いた。

「警察に対しては、多くの人が当たり前のように、不信感や反感を抱いているものと思います」

何を言い出すつもりかと尾崎は身構えてしまった。それには気づかない様子で、広瀬は続ける。

「ですが、普通の感覚を持っている人間であれば、警察に犯行声明を送ってきたりはしません。それを実行したということは、この事件の犯人はよほど低レベルの人間か、またはよほど頭の切れる人間か、どちらかです」

「頭が切れる人間だと思う根拠はあるのか」

　首をかしげて片岡が質問する。広瀬は即座に答えた。

「警察に情報を与えることで、私たちの捜査をコントロールしようと企《たくら》んでいる可能性があるからです」

「捜査をコントロール？」

「はい。犯人は三好事件でも今回の事件でも、みずから警察に連絡してきたと考えられます。つまり自分に都合のいいタイミングで遺体を発見させ、私たちに捜査をさせているわけです。犯人はかなり綿密な計画を立てていて、その計画どおりに、言うなれば自分のタイムテーブルどおりに犯行を進めているということです。頭が切れると感じたのは、そういう部分についてです」

　そこまで、広瀬は一気に説明した。

　片岡はしばし考え込む。それから彼女に向かって言った。

「たしかに、我々が事件を未然に防ぐことは難しい。その意味では、主導権は犯人にあると言ってもいいだろう。しかし、だからといって警察が犯人にコントロールされていると考えるのは間違っている。最終的には我々が奴を逮捕する。必ずだ」

「わかりました」広瀬はうなずいた。「この事件の犯人はある程度頭の切れる人間だと思いますが、私たちをコントロールするほどの力はないということですね。理解しました」

「君だって、犯罪者に好き放題やられたのでは我慢ならんだろう」

「もちろんです」

「では、この捜査に全力を尽くしてくれ。犯人を恐れたり、過大に評価したりする必要はない」

「承知しました」

広瀬は姿勢を正し、深々と頭を下げた。つられて尾崎も目礼をした。

このとき、尾崎はようやく広瀬の行動パターンがわかったような気がした。彼女はあまり空気を読むことをせず、遠慮なしに疑問点や意見を口にすることが多い。だがそれは上司に刃向かおうというのではなく、自分の考えを報告しているだけなのだ。基本的には上意下達を厳格に守ろうとするから、仮に自分の考えと違っていたとしても、上司の判断には必ず従うのだろう。

それさえわかってしまえば、無理なく接することができるのではないか、と思えた。

「では遺体を見てもらおう」加治山班長が倉庫のほうへ顎をしゃくった。「かなりひどい状態だ。覚悟しておいてくれ」

加治山がそんなことを言うのは珍しい。尾崎は眉をひそめて尋ねた。

「三好事件と比べて、どうですか」

「……あれよりひどいと思う。まったく、厄介なことだ」

眉間に皺を寄せたまま、加治山は言った。


情報によると、倉庫が使われなくなってから三年ほど経っているらしい。しかし建物の中にはスチール製の棚や、荷物を搬送するためのパレット、大型小型の木箱などがあちこちに残されている。通路と作業エリアを仕切るためのパーティションもあって、見通しがよくない状態だ。

こんな場所が長いこと放置されていたら、犯罪者に目をつけられても仕方がない、という気がした。いくつかある出入り口のドアは、もともと施錠されていたそうだ。しかし何者かが窓ガラスを割って侵入し、中からドアを解錠したものと思われる。一度そうなってしまえば、あとは出入り自由だ。被害者を連れ込むこともできただろうし、遺体を運び込むことも可能だっただろう。

倉庫の中ほどの一画、パーティションの向こうに鑑識課員たちの姿が見えた。顔を寄せ合って小声で相談する者、フラッシュを焚《た》いて写真を撮る者、どこかへ電話連絡する者などがいる。

片岡係長はパーティションの端を回って、鑑識課員たちのいるそのスペースに入っていった。加治山班長、尾崎、広瀬の順であとに続く。

「証拠品の採取は一通り終わっているな?」

片岡が確認をとった。中年の鑑識課員がうなずいて、どうぞ、と一歩うしろに下がる。

「交番の警察官が駆けつけたとき、床には鎖が落ちていたそうだ」片岡が説明した。「メールに書かれていたとおりだ。鑑識で調べてもらっているが、三好事件の遺留品と同じ種類のものらしい」

「犯人の言うとおりだったわけですね……」

尾崎たちの前に遺体があった。

その人物は床に座り込んでいた。両脚を前に伸ばし、上半身をうしろの壁にもたせかけている。スニーカーに紺色のズボン、ボーダーのシャツ、その上に灰色のジャンパーを着ていた。

体格からすると男性だろう。だが顔を見てもすぐには人相がわからない状態だった。

その人物の顔は血だらけだったからだ。

近づいていって被害者の顔を覗き込んでみた。そこで尾崎は息を呑んだ。

「……眼球がない」

左右どちらもそうだった。刃物か何かで抉《えぐ》り出されたのだろう。もともと眼球があった場所は血まみれの窪《くぼ》みになっている。その部分から赤い血液が顎へ、そしてシャツの胸へ、腹へと伝い落ちていた。

隣にいる広瀬も、さすがにこの損壊状況には驚いているようだった。彼女は顔を強張《こわば》らせ、遺体の眼窩《がんか》を凝視している。

尾崎は辺りを見回したが、床の上に血痕は残っていなかった。その振る舞いに気づいたのだろう、片岡係長が説明してくれた。

「眼球はどこにもなかったそうだ。犯人が持っていったらしい」

「何のために……」

思わず、尾崎はそうつぶやいていた。目を抉るという行為だけでも衝撃的だというのに、犯人はそれを持ち去ったという。左右ふたつともだ。

「勲章《くんしょう》でしょうか」広瀬が言った。「自分がこれをやったという証拠に、持って帰ったのかもしれません。保管しておいて、定期的に眺めて楽しむとか。……あるいは、何か別の目的があったのかもしれませんが」

「別の目的？　いったい何なんだ」

尾崎はそう尋ねたが、苛立ちから、つい責めるような口調になってしまった。本来、追及されるべきは犯人であり、広瀬に敵意を向けるのはおかしいと自分でもわかっている。だがこの異様な死体損壊の現場を見て、尾崎は平常心を失いかけていた。

「はっきりとはわかりませんが……」広瀬は思案する様子を見せた。「その目を何かに使うとか、誰かに譲り渡すとか」

尾崎はしばらく彼女を見つめていた。どうも、うまく考えがまとまらない。口をへの字に曲げて、遺体のほうへと向き直った。

「そのほかの情報だが」加治山班長が口を開いた。「遺体の頭には黒いポリ袋がかぶせられていたらしい。……そうですよね、片岡係長」

そのとおりだ、と片岡はうなずく。

「俺や加治山さんがここに着いたときには、もう鑑識が袋を外していたんだがな」

片岡は鑑識課員のひとりを呼び、何か指示を出した。鑑識課員はデジタルカメラの液晶画面をこちらに向ける。尾崎と広瀬は画面を覗き込んだ。

加治山たちの言うとおりだった。座り込んだ姿勢は今と同じだが、頭部が黒い袋ですっぽり覆われている。その袋を取り除いたとき、眼球のない血だらけの顔が現れたというわけだ。確認した警察官は大きな衝撃を受けたに違いない。

「首に索条痕があった。ロープなどで絞殺されたものと思われる。そしてこの損壊……。三好に続いて、きわめて猟奇性の高い事件だ。何が犯人をここまで動かしたのかがわからん」

「恨みですよね」広瀬が言った。「それしか考えられません。死後の損壊だとは思いますが、犯人は被害者の視力を奪っていきました。袋をかぶせているから、光を奪ったとも言えます。犯人の強い悪意と怒りが感じられます」

　尾崎は片岡係長のほうを向いて尋ねた。

「この被害者の身元はわかっているんですか？」

「ああ、そうだった。加治山さん……」

　片岡に促され、加治山は自分のメモ帳を開いた。ページをめくって、書き留めた内容をチェックしたようだ。

「ジャンパーの内ポケットにホームセンターの会員カードがあった。被害者は白根《しらね》健太《けんた》郎《ろう》、三十二歳。飲食チェーン勤務。住所は池袋本町《いけぶくろほんちょう》だ」

　加治山は詳しい住所を教えてくれた。尾崎と広瀬はそれをメモする。

　犯人からのメール、そして残酷な死体損壊の手口、駄目押しとして遺留品の鎖。これらを見て、三好事件と同じ人物の仕業に間違いないことがわかった。

「怨恨の線だとするなら、犯人は手島恭介と白根健太郎さん、両方を憎んでいたはずですよね」

　尾崎の問いかけに、片岡係長が「そうだな」と応じた。

「ふたりをこれほどまでに憎んでいた人間が、どこかにいるはずだ。関係者を徹底的に洗わなくてはならん」

「このあと白根健太郎さんの自宅を調べたいんですが、よろしいですか？　我々は鑑取りの担当です。友人や知人がわかれば、すぐ情報収集に行けます」

「わかった」片岡はポケットを探った。「現地に捜査員が入っているはずだ。これから尾崎たちが行くことを、本部から連絡させておく」

「ありがとうございます」

頭を下げて、尾崎はうしろを振り返った。そこにはコンビを組む広瀬がいる。ひとつ呼吸をしてから、尾崎は言った。

「我々は白根健太郎さんの家を調べる。池袋に行くぞ」

「了解です。一番早いルートを調べます」

広瀬はバッグからスマホを取り出した。手早く画面を操作して、彼女はネット検索を始めた。

4

豊島《としま》区池袋本町に移動し、住宅街の路地を歩いていく。

やがて目的地が見つかった。壁はクリーム色、屋根はオレンジ色という洒落た外観の二階建てだ。一階と二階を合わせてひとつの住戸とした、メゾネットタイプのアパートだった。

近くの路上に覆面パトカーが二台停まっていた。片岡係長が言っていたとおり、先に捜査員が到着しているのだ。

建物には四つの住戸があるようだ。表札を確認すると三号室に《白根》と書かれていた。

チャイムを鳴らすとじきにドアが開いて、眼鏡をかけた男性が顔を出した。

「ああ。お疲れさまです、尾崎さん」

同じ班の塩谷だ。彼のうしろにいるのは佐藤だった。昨日、西葛西の手島恭介の部屋でも、尾崎たちはこのふたりと会っている。

「さすが、早いですね、佐藤さん」

尾崎が言うと、佐藤は太い眉を上下させて口元を緩めた。

「俺たちは遊撃班だから誰よりも早く動ける。行けと言われればどこにでも飛んでいくさ」

「もう部屋の捜索は終わったんですか?」

「今やっているところだ。今日は俺たちだけじゃないから、尾崎たちにはちょっと待ってもらったほうがいいだろうな」

「そういえば、表に車が二台ありましたね」

「捜一が来ているんです」塩谷が眼鏡のフレームを押し上げながら言った。「さすがに彼らの前で尾崎さんたちを中に入れたら、いい顔はされないんじゃないかと……」

尾崎と広瀬は鑑取り班だ。被害者の知り合いを探すためにここへ来たのだが、厳密に言えば被害者宅の捜索は鑑取りの仕事ではない。片岡係長の許可を得ているとはいえ、捜査一課の刑事たちはよく思わないだろう、というわけだ。

「どれくらいかかります？」

「そうだな」佐藤はワイシャツの袖をめくって腕時計を見た。「あと一時間ってところか」

「じゃあ、近所で情報収集してきますよ。それなら問題ないでしょう」

「ああ、そうしてくれ」

佐藤に一礼して、尾崎と広瀬は三号室をあとにした。

共用廊下を移動する。一番奥から一号室、二号室となっていて、アパートの出入り口に近いところが五号室だ。縁起が悪いという理由だろう、四号室はない。

一号室のチャイムを鳴らしたが応答はなかった。平日の昼間だから、勤め人だとすれば不在なのも仕方がない。

二号室には五十代半ばの男性がいて、話を聞くことができた。しかし厚木《あつぎ》というこの男性は、白根とのつきあいは一切なかったという。

「あの人、二年前に引っ越してきたんですよ。前は平井《ひらい》に住んでいたと言ってましたね。

最初に話したときは、まあ悪い印象はありませんでした。でもそのあとがねえ……」

「何かあったんですか？」

「白根さんはときどき大きなボリュームで音楽を聴くんですよ。それで私はイライラしてしまってね。気分が悪かったから、ここ一年ぐらいは顔を合わせないようにしていました」

不満げな口調で厚木は言う。かなり腹立たしく思っていたらしいことがわかる。

「実は今日、白根さんの遺体が見つかったんです」

尾崎がそう打ち明けると、厚木は目を大きく見開いた。さすがに、それはまったく想像していなかったはずだ。彼はばつの悪そうな顔をした。

「いや……悪口を言うつもりはなかったんですけどね」

「ええ、わかっています」

ほかに何か情報は得られないだろうか。尾崎はこの建物の出入り口付近を思い出した。あそこには防犯カメラは設置されていなかった。となると、白根の行動を知るには、近隣住民の記憶に頼るしかない。

「隣ですから、音楽のほかに生活音も聞こえていましたよね？」尾崎は尋ねた。

「まあ、そうですね」

「昨日とか一昨日とか、白根さんが部屋にいる気配はありましたか」

「どうかなあ……」厚木は記憶をたどる表情になった。「一昨日の夜は部屋にいたんじゃないですかね。昨日の夜のことははっきり覚えていないけど、帰ってこなかったかも」

検視や司法解剖の結果を待たなくてはならないが、白根が殺害されたのはおそらく昨夜から今朝にかけてだと思われる。血痕の状態などから、そのように想像できる。

もし昨夜、白根が帰宅しなかったのなら、外出中に犯人が接触してきたのだろう。犯人はどこかで待ち伏せて白根を拉致したのか、それとも事前に連絡をとるなどして呼び出したのか。いずれにせよ最終的には白根を廃倉庫に連れ込み、殺害したと考えられる。

礼を言って、尾崎と広瀬は二号室を辞去した。

気を取り直して五号室を訪ねてみる。表札に書かれている名前は《西村《にしむら》》だ。

「はあい、どちらさま？」

インターホンから女性の声が聞こえた。尾崎は穏やかな調子で話しかけた。

「警察の者ですが、ちょっとお時間よろしいですか」

「え……。あ、はい」

数秒後にロックを外す音が聞こえて、ドアが開いた。顔を出したのは三十代後半と見える女性で、風呂の掃除でもしていたのかハーフパンツを穿《は》き、シャツの袖をまくっている。

「西村さんですね？　私、警視庁の尾崎といいます」

尾崎が警察手帳を見せると、西村は怪訝そうに尋ねてきた。

「何かあったんですか？」

「実は三号室にお住まいの白根さんが亡くなりまして……」

「えっ、本当に？」

「内密にお願いしたいんですが、何者かに殺害されたものと思われます」

三和土《たたき》に立ったまま、西村は大きくまばたきをした。信じられない、という表情だ。

「……いったいどうして」

「詳細は不明ですが、白根さんは廃倉庫で亡くなっていました。普段、白根さんとはおつきあいがありましたか？」

「つきあいというほどではなかったんですけど、軽く立ち話ぐらいはしましたよ。しっかりした人だという印象がありました。それなのに……」

西村は落ち着かない様子で、何度か首を左右に振った。

しっかりした人、という言葉に少し違和感があった。尾崎は西村に確認する。

「白根さんが大きなボリュームで音楽をかけていた、という話を聞きました。それで迷惑していた人がいたようなんですが、西村さんは気になりませんでしたか？」

「それ、二号室の厚木さんですよね？　白根さんは週末の夕方に音楽を聴いていましたけど、そんなにすごいボリュームじゃありませんでした。……厚木さんは神経質なんですよ。私と白根さんが外の廊下で立ち話をしていると、静かにしてくれって文句を言われましたから」

そういうことか、と尾崎は納得した。音の感じ方は人それぞれだから難しい。

「最後に白根さんを見たのはいつでしょうか」

「……最近は見ていなかったですね。半月ぐらい前にごみ出しのとき見かけたかな」

「白根さんの部屋を誰かが訪ねてきたとか、様子を窺っていたとか、そういうことはありませんでしたか」

「特に気がつきませんでしたけど」

「では、白根さんが何かに悩んでいたとか、困っていたとか、そういうことは」

そうですねえ、とつぶやいて西村は考え込んだ。隣の三号室のほうへちらりと目をやったあと、彼女は何か思い出したようだ。

「引っ越してきてから一カ月後ぐらいに、白根さんが変なことを言っていたんです。当時、この先の公園の横に空き家があったんですが、そこをすごく気にしているようでね。『あそこは危ないですよね』とか『子供が遊びに入ったらまずいですね』とか、やたら心配していましたよ」

空き家という言葉はかなり気になった。三好事件では廃アパートが、今回の赤羽事件では廃倉庫が死体遺棄に使われているのだ。

「その空き家というのは、今も……」

「いえ、もう新しい家が建ちました。きれいな戸建てです」

「ああ……そうなんですか」

「でも当時、白根さんがいろいろ言うものだから私も気になりましてね。自治会のほうに頼んで、地権者に問い合わせてもらったんです。そうしたら家の中や庭を調べてくれたみたいで、何も問題ないことがわかりました。家の門がぐらついていたので、そこを簡単に修繕して、誰も入らないようにしてくれたんですよ」

結局、事件性のものは何もなかったわけだ。しかしそうだとすると、納得できないことがある。

「どうして白根さんは、その家のことを心配していたんでしょう」

「さあ、私にもわからなくて……」

「前にその空き家で、何かトラブルがあったということは？」

「何もないはずですよ。事件が起こったこともないし、幽霊屋敷なんて噂もなかったし……。本当に不思議ですよね」

そのほかいくつか質問を重ねたあと、尾崎は捜査協力への礼を述べた。

アパートを出て、近くの住宅を見回してみる。今この辺りに廃屋はないが、所有者が転居したり変わったりすれば、住人がいなくなるのはよくあることだ。そんな中、白根が一軒の空き家を気にしたのはどうしてなのか。

どうもしっくりこない話だった。尾崎は広瀬に話しかけてみる。

「さっきの空き家の話、君はどう思う？」

「そうですね」広瀬はメモ帳を見ながら言った。「白根健太郎さんにとって、その家は特別な場所だったんじゃないでしょうか」

「特別な場所とは？」

「詳しいことはわかりません。でも、何かこだわる理由があったんでしょう」

尾崎は広瀬とともに、空き家があった場所に行ってみた。先ほどの話のとおり、公園の横には新しい二階家がある。念のため現在の住人に話を聞いてみたが、何も知らないということだった。

近くで聞き込みをするうち、一時間が経過した。

アパートの前に戻ると、面パトは一台だけになっている。三号室のチャイムを鳴らすと、じきにドアが開いて佐藤が出てきた。

「待たせたな」佐藤は言った。「捜一は先に引き揚げた。白根さんのアルバムやメモ、ノートパソコンなんかを集めてある。このあと俺と塩谷が捜査本部に運ぶことになっているが、その前に尾崎にも見せてやるよ。そのためにここへ来たんだろう？」

「お察しのとおりです」尾崎はうなずいた。「助かります」

尾崎たちは白手袋を嵌めて、白根の部屋に上がった。

リビングルームのテーブルに、取っ手付きの紙バッグがいくつか置いてある。尾崎は広瀬のほうを向いた。

「ふたりで白根さんの所持品を調べるぞ。関係者のものらしい住所、氏名があったら写真を撮るように。不審なメモなんかが出てきたら俺に教えてくれ。ノートパソコンは専門家に任せるから気にしなくていい」

「承知しました」

そう答えると広瀬は早速、紙バッグの中身を調べ始めた。

今回はすんなりいったな、と尾崎は思った。広瀬とコンビを組むに当たって留意すべきなのは、常に明確な指示を与えることだ。それが理解できた今、広瀬をコントロールするのはそう難しくはない。

古いノートが一冊見つかり、中を見ると、走り書きでいくつかの名前や電話番号が記されていた。また、新宿区、渋谷区などの地図をプリントしたものが出てきた。広瀬はスマホでそれらを撮影した。

「尾崎さん、近隣で聞き込みをしてくれたんですよね？」塩谷が尋ねてきた。「何かつかめましたか？」

作業の手を止めることなく、尾崎は答えた。

「これといった情報はなかった。ただ、当時この近くにあった空き家のことを、白根さんがすごく気にしていたというんだよ。理由はわからないけど」

「空き家ですか……」塩谷は腕組みをして考え込んだ。「何かの犯罪に使おうとしていた、とか？　いや、それはないか。さっき確認したんですが、白根さんには前歴がありませんからね」

「単に心配性だった、というだけなんだろうか」尾崎は首をかしげる。

紙バッグの中身を調べたあと、尾崎と広瀬は部屋の中を見ていくことにした。リビングの書棚やチェスト、クローゼットなどをざっと確認してみる。細かいところはすでに捜一と佐藤、塩谷が調べてくれているはずだ。

尾崎たちが台所に移動したとき、佐藤が教えてくれた。

「小さいホワイトボードがあるだろう。そこにマーカーでメモが残されていたんだ」

見ると、冷蔵庫のドアに小さなホワイトボードが貼り付けてあった。食品や調味料のメモが多い中、異質なものがふたつある。

ひとつは《行方不明》という漢字。

そしてもうひとつは《ａｇｃｙ》というアルファベットだ。

広瀬がホワイトボードの写真を撮った。その隣で、尾崎は文字をじっと見つめる。

「気になりますね」尾崎は言った。「誰が行方不明になったんだろう。まさか三好事件の手島恭介のことか。あるいは、自分自身が事件に巻き込まれると予想していたとか?」

「アルファベットのほうは何でしょうね。調べてみます」

広瀬はスマホの画面をタップして、ネット検索を始めたようだ。しばらく操作を続けていたが、やがて彼女は顔を上げ、尾崎を見た。表情が強張っているように感じられる。

「どうかしたのか」

「……尾崎係長、わかりました」

「何がわかったんだ? 見せてくれ」

彼女が差し出したスマホの液晶画面を覗き込む。そこに表示された説明文を読んで、
尾崎は思わず目を見張った。

アルファベット「ａｇｃｙ」の意味がわかると同時に、それが指し示すものを連想することができたのだ。

「そういえば……」広瀬は言った。「さっきのノートに、新宿区の地図をプリントしたものが挟んでありました。あれも繋がってきますね」

「ああ……たしかにそうだな」尾崎はうなずく。

おそらくこれらは偶然の一致というわけではあるまい。白根のメモは大きな手がかりとなるに違いなかった。地図のプリントに気づいてくれた広瀬にも感謝すべきだろう。

今までやりにくい相手だと思っていたが、今回は彼女を評価すべきだと思った。

「いい観察力だ、広瀬」尾崎は言った。「すぐに移動しよう」

「了解です。急ぎましょう」

佐藤たちに行き先を告げて、尾崎と広瀬はアパートを出た。

5

改札を抜けると、尾崎たちは急ぎ足で目的地に向かった。

ここは昨日通ったばかりの道だ。あのときは何の勝算もないまま聞き込みに行っただけだった。しかし今は違う。ひとつの手がかりを得て、尾崎たちはその場所へと急いでいるのだ。

雑居ビルの一階に事務所がある。尾崎は広瀬と顔を見合わせたあと、入り口のドアを開けた。

「いらっしゃいませ」

椅子から立って、女性社員がこちらにやってきた。彼女は尾崎たちの顔を思い出したようだ。

「あ、警察の方……」

「どうも」と尾崎は言った。「大堀部長はいらっしゃいますか」

「……少々お待ちください」

緑色のジャンパーを着た女性は、カウンターを離れて上司のほうへ向かった。

ここは高田馬場にある新陽エージェンシーの事務所だ。同僚の佐藤によると、新陽エージェンシーは暴力団・野見川組の資金源であるフロント企業だということだった。第一の事件の被害者・手島恭介が、この会社から荷物配送などの仕事を請け負っていた疑いがあり、尾崎たちは昨日ここを訪れたのだ。だが、あのときは明確な回答を得ることができなかった。

そして今日、尾崎と広瀬はもう一度この事務所にやってきた。

第二の被害者・白根健太郎がホワイトボードに《ａｇｃｙ》と書いていた。あれは「エージェンシー」の略語として使われている言葉だろう。そこから尾崎たちが連想したのが、ここ新陽エージェンシーだったというわけだ。

「お待たせしました」

髪の薄くなった中年男性が近づいてきた。営業部長の大堀だ。

「どういったご用件でしょうか。手島さんのことでしたら、お話しすることはもう何もありませんが……」

その表情から、彼がかなり緊張していることがわかる。二日続けて刑事がやってきたことを警戒しているのだろう。

そういえば、と尾崎は思った。昨日自分たちがここを訪れたとき、オールバックの男に聞き込みを邪魔されている。おそらくあれは野見川組の人間だ。大堀はあの組員に、よけいなことを喋るなと釘を刺されたに違いない。

「心配しないでください。今日は手島さんのことではないんですよ」

「そうなんですか？」

「実は今日、白根健太郎さんという方の遺体が発見されました。殺害されたんです」

大堀はカウンターの向こうで大きく身じろぎをした。辺りをきょときょと見回してから、尾崎のほうに視線を戻す。

「……その方が、私どもと何か関係あるんでしょうか」

「それをお訊きしたいんですよ」尾崎は言った。「白根さんは新宿区高田馬場辺りの地図を持っていました。また、新陽エージェンシーを指すと思われるメモも残しています。こちらの事務所と取引していたとか、仕事を請け負っていたとか、何かそういう関係があるはずです。そうですよね？」

尾崎に気圧《けお》されたのか、大堀は黙り込んで思案する様子だ。戸惑っているのがよくわかる。しばらくして、大堀は再び口を開いた。

「白根健太郎さん、ですか。確認するといっても、なにしろ私の記憶にない方なので……」

「いいですか、大堀さん」尾崎はカウンターに両手をつき、声を低めて言った。「昨日、私が尋ねた手島恭介さんは、こちらの会社から仕事を請け負っていたことがわかっています。関係者から証言がありましたよ。あなたはそのことを隠していたのでは？」

「そう言われましても……」

「新陽エージェンシーさんは、裏で反社会的勢力と繋がっていますよね。手島さんは法に触れるような仕事をしていたんじゃありませんか？」

「いや、それは……」

「今日遺体が見つかった白根さんも同じだったんじゃないですか？　あなた方はごく普通の仕事のように見せかけて、実は彼らに犯罪の片棒を担がせていたんでしょう？」

相手の表情に、動揺の気配が感じられた。大堀は目を逸《そ》らして、壁に掛かったカレンダーを見つめている。

尾崎たちは小声で話していたのだが、何か様子がおかしいと気づいたのだろう。ほかの社員たちが不安げな目をこちらに向けていた。

大堀は小さく咳払いをした。

「私は、いち社員です。会社の経営には携わっていませんので……」

「わかりました。では、いち社員である大堀さんにお願いします。白根健太郎さんという人がこの会社と関係あったかどうか、確認していただきたい」

不安そうだった大堀の表情に、苛立ちの色が混じっていた。彼はため息をついてから言った。

「少し時間がかかりますよ」

「かまいません。ここで待っていますので」

商談スペースに案内され、尾崎と広瀬は椅子に腰掛けた。大堀が去っていくと、広瀬が口元を手で隠しながら、ささやいてきた。

「尾崎係長でも、あんなことをおっしゃるんですね」

「何だ?」

「相手を脅すような感じだなと思って……」

「脅したわけじゃない。質問しただけだ」ふん、と尾崎は鼻を鳴らした。「昨日、君がしたこととは違うぞ」

「目的は同じだと思いますが」

「一緒にしないでくれ」

尾崎がそう言うと、広瀬は目を伏せ、こくりとうなずいた。

たしかに先ほどは少し無茶をした、という反省があった。成果を引き出すために焦ってしまったのだ。いざ大堀を前にして、追及する材料が足りないのではないか、と感じてしまったせいもある。昨日、広瀬の強引なやり方を否定したばかりだったから、どうにも恰好がつかない。

十五分ほど経ったころ、大堀が戻ってきた。プリントアウトした資料を持っている。

「確認しましたが、やはり白根さんという人は見つかりませんでした」

「よく調べていただけましたか？」

尾崎は責めるような調子で訊いてしまった。それに対して、大堀もまた不機嫌そうな声で答えた。

「心外ですね。顧客データ、仕入先データには載っていませんし、備品の納入業者にだってそんな人はいません。私どもとは無関係だと、はっきりお答えできます」

「なるほど。では、その資料を見せていただきましょうか。見落としがないかチェックさせてもらいますので……。その結果、もし今の話が嘘だとわかったら、あなたの立場はどうなりますかね」

その言葉を聞いて、大堀は眉をひそめた。

「私を脅すんですか？」

「とんでもない。我々は事実関係を確認したいだけです」

「そこまでおっしゃるのなら、令状なり何なり持ってきてくださいよ」大堀は強い調子で言った。「もう協力はできません。お帰りください」

低い声を出して、尾崎は唸った。

大堀が嘘をついている可能性はもちろんある。だが任意で情報提供を求めているわけだから、これ以上粘ることは難しい。

攻め方を間違えたか、と尾崎は歯嚙《はが》みした。白根宅のメモを見つけたのはいいが、そのあとは勇み足だったかもしれない。もっとほかにやりようがあったのではないか、とひとり後悔した。

結局、何の成果も得られないまま、尾崎たちは事務所を出ることになった。


駅まで戻り、広瀬を連れてカフェに入った。

店の奥へと進み、周りに客のいないテーブル席を選ぶ。注文を済ませると、すぐに尾崎はメモ帳を広げた。

「こういうときは、まず落ち着かないとな」

「それがいいと思います」と広瀬。

「正確な分析が必要だ。今までの情報を整理してみよう」

「私もそれに賛成です」

真面目な顔をして広瀬は言う。新陽エージェンシーでの出来事については、プラスともマイナスとも感じていないようだった。彼女がそういう性格なのはありがたい。あれをミスだとか失態だとか言われては、今後の捜査がやりにくくなる。

尾崎はメモ帳に人間関係を書き記した。

◇坂本高之……五年前、錦糸町事件で負傷

（↑ 錦糸町事件で暴行）

◇郷田裕治……五年前、交通事故死

◆手島恭介……郷田の弟分。三好事件で殺害される

（郷田・手島：野見川組の下働き）

◆白根健太郎……赤羽事件で殺害される。野見川組と関係あるか？

メモを指し示しながら尾崎は言った。

「坂本さんは郷田に左脚を刺されて、歩行に支障が出るようになった。当然、郷田を恨んでいるだろう。しかしその郷田は五年前、交通事故で死亡している」

「そうですね。いくら憎んでも、坂本さんが郷田に復讐することはできません」

「しかしだ、郷田には手島恭介という弟分がいた。そこで推測してみる。……五年前の錦糸町事件のとき、郷田がひとりではなかったとしたらどうか。その場に手島が一緒にいたとしたら……」

「そんな目撃証言はありませんが」

「直接トラブルに関わっていなかったとしても、たとえば……事件の前、手島は郷田とふたりで飲んでいたんじゃないだろうか。店を出るときも一緒だったかもしれない。ふたりで外へ出たあと、郷田が坂本さんとトラブルになった。刺したのは郷田だが、そこに至るまでに手島も関わっていたのでは？」

「もしそうだったとして、なぜ坂本さんは手島のことを警察に話さなかったんでしょうか」

「事件のときはわからなかったが、あとで思い出して手島のことを調べ始めたのかもしれない。五年かけてようやく手島のことがわかった。それで彼に復讐をした、と……」

話を聞いていた広瀬は黙り込んでしまった。尾崎の書いたメモを見つめたまま、じっと考えに沈んでいるようだ。

ウエイトレスがコーヒーを運んできてくれた。彼女がコーヒーカップをテーブルに並べ、厨房《ちゅうぼう》のほうへ去っていっても、広瀬は黙ったままだった。

「どう思う？」

尾崎が尋ねると、彼女は首をかしげながら顔を上げた。

「条件が足りていないように思います。坂本さんにとって、もっとも憎いのは郷田のはずです。その郷田がもう死亡しているのに、手島まで殺害しようと思うでしょうか」

「何か理由があったんだろう」

「そうかもしれませんが、坂本さんは歩行に支障が出ています。廃アパートの庭に穴を掘り、手島を襲って自由を奪い、穴の中に埋め、シュノーケルに水を流し込んで殺害する……。そこまでのことは、彼にはできないと思います」

「協力者がいれば可能だよな」

「……でもその場合、坂本さんはなぜ白根健太郎さんまで殺害したんでしょうか。手島と白根さんのふたりを殺害したのは、同じ人物だとみられていますよね」

「坂本さんは白根さんにも恨みがあったんだろう。何らかの恨みが」

「何らかの、と言われましても……」

コーヒーカップを手にして広瀬は考え込む。しきりに首をひねっているところを見ると、やはり賛同はできないようだった。

「まあ、もっとシンプルに考えればこうだよ」尾崎は言った。「かつて郷田と手島が組んで、何かの事件を起こした。その被害者が今、復讐を始めた。郷田は五年前に死亡しているから、弟分だった手島を殺害した」

「白根さんはなぜ狙われたんですか」

「彼もまた郷田の仲間だったんだろう。だからターゲットになった」

「……どうでしょうね。裏が取れれば、そういう推理も可能になるでしょうけど」

「まだ無理があるか……」

尾崎はテーブルに頬杖をついた。行き詰まった感がある。そのまましばらく考えるうち、ひとつ思い出したことがあった。

「たしか、ホワイトボードに《行方不明》と書かれていたよな。あれが過去の事件に関係しているんじゃないだろうか」

「誰かが行方不明になったわけですか」

「郷田や手島の仕業じゃないかな。白根さんもそれに関わっていたのかも」

ああ、そういえば、と広瀬が言った。彼女は眉をひそめながら、尾崎のほうを向く。

「ふたつの事件で、犯人はひどく残酷なことをしていますよね。手島のときはシュノーケルから水を流し込み、溺死させました。白根さんのときは両目を抉り、黒いポリ袋をかぶせています。なぜそんなことをしたんでしょうか」

「猟奇的な犯行ということだよな」

「ただ猟奇犯を気取るだけなら、もっとほかに方法があったと思うんです。……今回のふたつの事件は、あまりにも手が込みすぎています。わざわざ時間をかけてあんなことをする理由は何だったのか……」

「うん、たしかにな」尾崎は深くうなずいた。「あれには意味がある、ということか」

「犯人からのメッセージかもしれません」

その言葉を聞いて、尾崎は思わず首をかしげた。猟奇犯である上に、警察に挑戦してきているということだろうか。

「まさかそのメッセージの中に、犯人のヒントが隠されているとか？　いや、それはないか……」

「わかりませんよ。おそらくこの事件の犯人は、常識では推し量れない人間ですから」

そう言うと、広瀬は冷たくなったコーヒーを一口飲んだ。しばらくカップを見つめていたが、やがて「苦いですね」とつぶやいた。

尾崎はメモ帳に目を戻し、事件の全体像について考えを巡らした。

6

講堂に集まった捜査員たちは、みな緊張した表情を浮かべている。

まもなく午後八時、夜の会議が始まる時間だ。捜査員たちは席に着き、それぞれ資料を広げたり、メモ帳の記録を確認したりしている。

いいネタを仕入れてきた者は、その情報を効果的に報告し、幹部から評価されたいと思っているはずだ。一方、あまりいい情報を得られなかった者は、会議でどのように釈明するか、いかにして叱責から逃れるかを真剣に考えているかもしれない。

尾崎も新米のころ、夜の捜査会議が嫌で仕方がなかったことがある。

一日中歩き回り、何十軒という関係先で話を聞いても、たいした情報が出てこない。これは当たりだと思っても、自分の勘違いや早とちりで、まったく意味のない報告をしてしまう。会議で幹部に注意され、もっと真剣にやれと発破をかけられる。何日も成果を挙げられずにいると、何のために自分はここにいるのかという疑問が湧いてくる。昼間の捜査にも身が入らず、会議の時間が近づくと憂鬱《ゆううつ》になる、ということがよくあった。

――さすがに最近は、そんなこともなくなっていたんだが……。

自分の中に慢心があったというべきか。あるいは成果を焦りすぎたのか。いずれにせよ、今日の会議は久々に気分が重い。

「どうした、冴《さ》えない顔をして」

声をかけられ、尾崎は資料を閉じて相手を見上げた。尾崎の席のそばを、菊池班長が通りかかったところだった。

楕円形の眼鏡のフレームを押し上げ、菊池はにやりと笑った。

「何かチョンボでもあったのか？」

「チョンボというか、何というか……」尾崎は軽くため息をつく。「ちょっと、しくじった感じでして」

「尾崎にしては珍しいじゃないか」

「少し焦りました。準備不足だったんだと思います」

「誰にだってミスはある。そう落ち込むことはないと思うぞ。……まあ、隣の班の俺が言うことじゃないかもしれないけど」

「中堅の捜査員として、しっかりしなくちゃいけないんですが……」

「俺に言わせれば、おまえなんてまだまだひよっこだよ」

菊池は尾崎の肩をぽんと叩く。「また、あとでな」と言って、彼は自分の席に戻っていった。

別の班だというのに、わざわざ励ましに来てくれたようだ。こういうところに菊池の人柄が出ている。常に、後輩や部下をよく見ている人なのだ。感謝しなければ、と尾崎は思った。

八時を二分ほど過ぎたが、会議は始まらなかった。

妙だな、と尾崎は思った。隣の広瀬も腕時計を気にしているようだ。

幹部席に目を向けると、捜査一課の管理官と五係の片岡係長、深川署の副署長の三人が、額を寄せ合って話し込んでいた。会議の直前に何かあったのだろうか。

しばらくして話は終わったらしい。片岡係長が資料を持ってホワイトボードのそばへ移動した。ひとつ咳払いをしてから、彼は口を開いた。

「少し遅れたが、捜査会議を始める。……まず、私のほうから連絡することがある。みんなも知っていると思うが、本日午前中、北《きた》区赤羽で男性の遺体が発見された。殺害の方法や遺体の状況、匿名のメールなどから、三好事件と同じ犯人によるものだと断定された。つまりこの『赤羽事件』は、同一人物による第二の事件ということになる」

捜査員たちは険しい顔で黙り込んでいる。

今朝までは、三好事件の犯人を一刻も早く捕らえるのだと、みな意気込んでいたはずだ。猟奇的な事件だが、遺留品もあるし、手がかりはつかめると考えていた刑事が多かっただろう。だが捜査二日目になって次の事件が起こってしまった。犯人の動きが早すぎて捜査が追いつかない、と不安視する者もいるのではないか。

「すでに一部の捜査員には、第二の事件を調べてもらっている。しかし人数が足りないのは明らかだ。上に相談したところ、先ほど回答があって、明日からこの捜査本部は増員されることになった。捜査の分担も変更になるので、そのつもりでいてほしい」

そういうことか、と尾崎は納得した。増員の情報が届いたため、片岡係長たちは急ぎの相談をしていたのだ。

連絡事項を伝え終わると、片岡はみなを見回した。それから捜査員を指名して、今日の活動について報告させていった。

第二の事件が起こったことは、捜査本部の幹部たちにとっても完全に予想外だったはずだ。また、遺体状況の異様さ、残酷さもあって、警視庁の上層部もこの捜査を重視しているだろう。増員はありがたいことだが、片岡係長たちは今、大きなプレッシャーを感じているに違いない。

その証拠に、片岡は捜査員たちの報告をそのまま受け入れたりはしなかった。話を聞いたあと細かい質問を行い、曖昧な部分を残すまいとしているようだった。各組への質問時間が長くなるから、全体の進行も遅くなる。それでも片岡は、時間を気にしようとはしなかった。

やがて尾崎・広瀬組が指名された。尾崎はメモ帳を持って立ち上がる。

「鑑取り班の尾崎です。本日、我々の組はまず人形町へ向かい、五年前に死亡した郷田裕治が怪我を負わせた坂本高之という男性に会って……」

「ちょっと待ってくれ」片岡が口を挟んだ。「昨日報告を受けたが、郷田裕治というのはたしか、手島恭介の兄貴分だな？」

「そうです。その郷田が死亡したのが五年前です。錦糸町事件と呼ぶべきかと思いますが、郷田は路上でのトラブルで坂本高之さんを刺しています。そのあと逃走中に交通事故死しました」

「よくわからないんだが……その坂本という男は、今回の手島殺しと何か関係がありそうなのか？」

「今のところ不明です。不明なので、詳細を明らかにしようと考えました」

「気になることがあるのか」

「それはですね……」

昼間カフェで広瀬に披露した推測を、尾崎はあらためてみなの前で話した。一見無関係なようだが、坂本は今回の事件に繋がっているかもしれない。そのことを丁寧に説明したつもりだったが、片岡にはぴんとこないようだった。

「坂本高之は脚が悪いんだろう？　そんな男に犯行が可能なのか」片岡は広瀬と同じ疑問を口にした。「仮に共犯者がいたとしても、第二の事件の動機がわからない。坂本犯人説には無理がある」

はっきりそう言われてしまった。もう少し食い下がろうかと思ったが、こちらの意見は分が悪い。片岡をはじめ、多くの捜査員を説得するための材料が手元にないのだ。

尾崎は報告を続けた。

白根健太郎が新陽エージェンシーと繋がっていた可能性に思い至り、高田馬場の事務所を訪ねたことを話すと、片岡は眉をひそめた。

「それはやりすぎだろう。どうして裏を取ろうとしなかった？」

「申し訳ありません。早く手がかりをつかみたいという焦りがありました」

「俺を落胆させないでくれ。今後はもう少し注意深く行動しろ」

「わかりました」

報告を終えて尾崎は一礼した。元どおり椅子に腰掛け、隣の様子を窺う。

広瀬にはこれといった反応がみられなかった。尾崎を慰めようとするわけでもないし、かといって責めようとする気配もない。同じ組なのだから無関心なはずはないのだが、表面上は何も変化がなかった。

――まあ、彼女はそういう性格なんだろうな。

おそらく広瀬は、尾崎を軽視するようなことはしないし、逆に気づかいを見せるようなこともしない。それが理解できていれば、こちらも変に気をつかわずに済むというものだ。

捜査員たちからの報告がすべて終わると、片岡は重々しい口調で言った。

「残酷な事件を起こす猟奇殺人犯を、我々はすぐにも捕らえなければならん。明日から応援のメンバーが参加するが、人数が増えるからといって決して油断はしないでもらいたい。君たちひとりひとりの成果を積み上げてこそ、本件の捜査は進展する。小さな手がかりも見逃さず、情報収集を続けてくれ。以上だ」

起立、礼の号令のあと、捜査会議は終了となった。

署の一階ロビーの隅で、尾崎はベンチに腰掛けた。

免許証の更新やら車庫証明の手続きやら、昼間は多くの一般市民で混み合っている場所だ。しかし夜も遅くなった今、ロビーには数名の人間しかいない。先ほど管内で何か軽犯罪があったらしく、その関係で署員が立ち話をしているのが見える。

尾崎は壁のほうを向き、掲示されたポスターを見ながらひとり考え込んだ。頭にあるのは先ほどの捜査会議のことだ。

片岡係長から厳しく叱責されたわけではない。だが「俺を落胆させないでくれ」という言葉を、尾崎はずっと引きずっていた。新米の刑事ではないのだから、しっかりやってくれ。期待を裏切らないでくれ。片岡はそう言いたかったのだろう。

まったくそのとおりだ、と尾崎は思った。いったい俺は何をしていたんだ、という後悔がある。片岡にも言ったが、やはり自分は焦っていたのだ。明らかに準備不足のまま、新陽エージェンシーに乗り込んでいってしまった。

普段の自分なら段取りを考え、用意周到に行動していたはずだ。それができなかったのは、この事件がひどく猟奇的であり、犯行現場の状況があまりに異様だったからだ。今まで対処したことのない凶悪犯罪を前にして、尾崎はいつになく緊張していた。気合いを入れすぎていたのかもしれない。つまり浮き足立っていたのだ。

あるいは、と尾崎は考えた。広瀬を意識しすぎたために、自分を見失っていたような気もする。

広瀬の顔が頭に浮かんできた。この二日間、尾崎は彼女の特異な言動に振り回されてきた。活動のペースを乱され、それを修正できないままここまで来てしまった。

空気を読まず、何でも口に出してしまうこと。しかし自己主張が強いわけではなく、上司や先輩の命令を守ろうとすること。この矛盾するような特徴を同時に見せる彼女を、尾崎は当初扱いかねていた。だが今日になって、ようやくコントロールできそうな手応えを感じたのだ。そこで自分は前のめりになってしまったのかもしれない。

あれこれ考えているうち、苛立ちが募ってきた。広瀬のせいで自分本来の力が出せず、結果としてあんな失態を演じてしまったのではないか。もっと素直で出来のいい刑事と組んでいれば、成果を挙げられたのではないか。あの広瀬という女性は、自分にとって疫病神ではないのか。

そこまで考えて、尾崎はため息をついた。

――みっともない。こんなものはただの八つ当たりだ。

腕時計を見ると、午前零時二十分になるところだった。ずいぶん遅くなってしまった。コンビニで弁当を買ってこようと思い、尾崎はベンチから立ち上がる。

署の玄関のほうへ歩きだすと、前方に見慣れたうしろ姿があった。広瀬だ。尾崎は眉をひそめた。

彼女は玄関を出て左、北のほうへ歩いていく。昨夜と同じ行動だった。そちらの方向にあるコンビニで買い物をしたかった、と彼女は説明していた。今夜もその店に行くのだろうか。

広瀬がどこで買い物をしようと、周りの人間には関係ないことだった。上司や先輩であっても、個人の買い物袋を覗き込むような真似《まね》はすべきでないだろう。だが今、尾崎は広瀬の行き先が気になって仕方がなかった。彼女の秘密を暴きたいとか、そんな考えはひとつもない。しかしこれが不審な行動であることは間違いなかった。部下が深夜に出歩くのはなぜなのか、その理由が知りたかった。

尾崎は広瀬のあとを追った。

夜の三ツ目通りにひとけはないから、普通に歩けば目立ってしまう。だが、幸い歩道には街路樹が多かった。身を隠しながら、彼女を尾行することができた。

右手に広大な木場公園を見ながら、広瀬は歩いていく。しばらく行くと、歩道の左側に樹木の連なりが見えた。木場公園とは別の、小規模な公園があるらしい。広瀬はそこに入っていった。

尾崎は彼女のあとを追って公園に入る。入り口付近に《木場親水公園》というプレートが出ていた。

親水公園の中を彼女は足早に進んでいった。この時間、園内には誰もいないと思われたが、街灯の中、薄闇に目を凝らすと、東屋《あずまや》の下に人の気配があった。黒っぽいジャンパーを着た男性だ。身長はおそらく尾崎と同じぐらい、百八十センチほどだろう。ちらりと見えた顔には顎ひげが生えていた。年齢は三、四十代というところか。尾崎は植え込みの陰に身を隠した。

広瀬は東屋に近づき、その人物と合流した。

ふたりは小声で何か話し始めた。残念ながら尾崎のいる場所までは聞こえてこない。内容が気になったが、これ以上近づくのは難しかった。

五分ほどで話は終わったようだ。最後に広瀬は男性に何かを差し出した。それを受け取って、男性は西の方角へと去っていく。その姿が見えなくなると、広瀬は踵を返した。彼女は三ツ目通りのほうへ戻ってくる。

タイミングを見計らって、尾崎は植え込みの陰から出た。

突然現れた尾崎を見て、広瀬は立ち止まった。街灯の下、彼女の顔が見える。普段は何事にも動じず澄ましている広瀬が、今は驚きの表情を浮かべていた。さすがに、ここで尾崎が出てくるとは想像していなかったのだろう。

「コンビニに行くんじゃなかったのか？」

尾崎が訊くと、広瀬はすぐに答えた。

「ええ、これから行くところです」

「そう言い張るならそれでもいい。だが、君の本当の目的は買い物なんかじゃなかった。あの男と会うことだな？　昨日も会っていたんだよな？」

広瀬は黙り込んだ。どう釈明すべきか考えているのだろう。

「あの男は誰だ？　そういえば君は、捜査中に何度か電話をしていたな。あの男と話していたのか？」

「だとしたら、何だとおっしゃるんです？」

冷たい調子で広瀬は言った。開き直りとも感じられる言葉だ。こういう言葉が彼女の口から出るのは初めてだった。

「君はいったい、何を企んでいる？　あの男と組んで何をしようとしているんだ」

「彼と一緒に、何かをしようとしているわけではありません」

「じゃあ、あいつは君の何なんだ」

「あの人は、私の協力者です」

予想外の答えを聞かされ、尾崎は言葉に詰まった。

警察官にとっての協力者とは、情報提供者のことだ。組織の中で機密情報を集めてくれる協力者もいるし、裏社会で仲間からネタを聞き出してくれる協力者もいる。いずれにせよ、彼らは警察官にはできないような行動をとることが多い。

「君がそんなことをするとは聞いていないぞ」

咎めるように尾崎が言うと、広瀬は首を横に振った。

「独自の情報網を使って捜査をするのは、咎められるようなことではありませんよね」

なるほど、と尾崎は思った。この状況が理解できた。協力者はかなり用心深い性格であるか、または金に困っているのだろう。昨夜も今夜も、情報と交換に謝礼を受け取りたいと言ったのではないか。だから広瀬は電話やメールではなく、直接会って報告を受けたのではなかったか。先ほど手渡したものは現金だったに違いない。

「なぜ俺に話さなかったんだ？」

「何か言われると思ったからです」

「……そのとおりだよ」尾崎はうなずいた。「俺は、君の勝手な行動を見過ごすわけにはいかない。このことは加治山班長も知らないんだろう？」

「私には私のやり方があります」

広瀬はあくまで自分の考えを曲げないつもりらしい。

たしかに、こうした捜査で協力者の情報が役に立つことは少なくない。だがコンビを組む尾崎にまで隠していた、というところが納得できないのだ。せめて事前に話しておいてくれれば、こんなに苛立つことはなかっただろう。

高ぶる気持ちを抑えようと、尾崎は深呼吸をした。

「こっちにも事情がある。俺はもう仲間を失いたくないんだよ」

「……え？」

広瀬は不思議そうな顔をする。彼女に向かって、尾崎はゆっくりと説明した。

「以前、俺はある捜査本部で柳《やなぎ》という先輩とコンビを組んでいた。被疑者を見つけて俺たちは追跡し、身柄を確保しようとした。だがそこで予想外のことが起こった。被疑者がナイフを出して、俺たちに襲いかかってきたんだ。柳さんは俺をかばって、刺されてしまった。病院に運ばれたが、結局助からなかった」

加治山班のほかのメンバーはみな知っていることだった。だが、この四月に異動してきた広瀬は聞いていないはずだ。

「そういうことがあって、俺はコンビを組む相手には気をつかうようになった。警察の仕事は危険と隣り合わせだ。だからこそ無茶なことはしてほしくないし、隠し事もやめてほしいと思っている」

この話を聞いて、広瀬も突っ張れなくなったようだ。彼女は黙ったまま、じっと何かを考えている。しばらくして、広瀬は軽く息をついた。

「係長がそういう話をなさるのなら、私も打ち明けなくてはいけませんね」

おや、と尾崎は思った。広瀬がそんなことを口にするとは意外だ。

彼女の表情を観察しながら、尾崎は言った。

「何かあるなら聞かせてくれ」

広瀬はこくりとうなずく。それから、淡々とした調子で話しだした。

「小学生のころ、私の父は病気で亡くなりました。それ以来、母が仕事に出ている間、私は近所に住む豊村義郎《とよむらよしろう》という人によく面倒を見てもらっていたんです。家に行って宿題を見てもらったり、おやつを食べさせてもらったり、いろいろ助けてもらいました。……ところが今から二十一年前、私が十六歳のとき、豊村さんがある事件の重要参考人になったらしいんです。下高井戸《しもたかいど》で起こった強盗殺人事件でした。八十代の夫婦が自宅で殺害され、現金や預金通帳が奪われたというんです。

豊村さんは警察から何度も呼び出され、事情聴取を受けていました。私と母は豊村さんを訪ねていって、事情を聞こうとしました。あの人が事件を起こすなんて絶対にないと信じていたから、何か少しでも役に立ちたいと思ったんです。でも豊村さんは私たちに会おうとしませんでした。

事件から三週間経ったころ、豊村さんは行方不明になりました。そして失踪から一週間後、秩父《ちちぶ》の山の中で遺体となって発見されたんです。高い崖から転落して亡くなったということでした。警察はそれを自殺と断定しました。でも私には信じられなかった。あの人が自殺なんてするはずはないし、そもそも強盗殺人事件なんて起こすはずがないんです。私は母と一緒に泣きました。あんなに泣いたのは、父が亡くなったとき以来だったと思います。……下高井戸で起こった強盗殺人事件の犯人は、今も捕まっていません」

そこまで話して、広瀬は口を閉ざした。

尾崎は戸惑っていた。今の話に出てきた過去の広瀬は、感受性豊かな普通の少女というふうに思えた。だが現在の彼女にそういう印象はない。これまでに何かあったのだろうかと、不思議に感じられる。

「私は、迷宮入りになった下高井戸事件を解決したいと思って警察官になったんです」

「なるほど」と尾崎は言った。「立派なことじゃないか」

「いえ、立派ではないかもしれません。なにしろ私は、仕事の合間にこっそり下高井戸事件の資料を調べていたんですから」

「……それで？」

話が妙な方向へ進んでいくのを感じながら、尾崎は先を促す。

「そのうち私は、おかしなことに気がついたんです」広瀬は続けた。「豊村さんの事情聴取をしたときの記録に、一部書き換えられた形跡があったんですよ。誰かが改竄《かいざん》した可能性があります。……そう考えると、あれこれ疑問が湧いてきました。警察は自殺だと断定しましたが、もしかしたら豊村さんは誰かに突き落とされたんじゃないかと」

尾崎は身じろぎをした。今までよりも声を低めて、彼女に尋ねる。

「まさか、警察の人間が豊村さんの死に関わっているとでも？」

「そこまでは言いません。ですが、誰かがあの事件について、公表されていない何かを知っている可能性がありますす」

「どうだろうな。そう単純な話なのかどうか」

首をかしげながら尾崎はつぶやく。それを見ながら広瀬は何度かうなずき、こう言った。

「ところで尾崎係長、これを聞いたら驚かれると思うんですが、実はその下高井戸事件の捜査に加わっていたメンバーが、今回の深川署の捜査本部にいるんですよ。偶然ではありますが、私にとっては情報収集のチャンスなんです。そういうこともあって、あの協力者にも調査を頼んでいたわけです」

「驚いたな……」

てっきり今回の三好事件、赤羽事件のために協力者を使っているのだと思った。実は、そうではなかったのだ。

少し考えてから、尾崎は彼女に話しかけた。

「事情はわかったが、今は目の前の事件に集中してくれないか。こちらは猟奇殺人事件だ。片手間にできる捜査ではないからな」

「もちろんです。下高井戸の情報収集は中断して、この先は三好事件、赤羽事件の捜査に全力を尽くします」

広瀬ははっきりした声で言った。

彼女を見て、尾崎は不思議な気分を味わっていた。広瀬から伝わってくる雰囲気が、これまでとは違っているように思えるのだ。捜査で一緒に行動している間、彼女は空気を読まずに思ったままを口に出しているようだった。顔はほとんど無表情で、何かを感じることを拒んでいるような気配があった。

ところが今、広瀬の目つきは明らかに変わっている。瞳に光があるというべきか。その視線の変化だけでも、従来の彼女とはまったく違って見えた。周囲に注意を払い、物事を観察し、分析しようという意志が伝わってくる。

「どうしたんだ?」尾崎は彼女の表情を窺いながら尋ねた。「なんというか……今までとは別人のようだ」

「あるべき姿ですよね。警察官としての」

たしかにそうだ、と尾崎は思う。今の広瀬には隙がない。犯罪者をひとりたりとも見逃さない、という気概が感じられる。

「……もしかして、今までの言動は演技だったのか?」

「演技というほどじゃありませんが、まあ、装ってはいましたね。気が利かなくて、ずけずけものを言ってしまう人間のふりをしていました」

「なぜそんなことを」

「遠慮をしなければすぐ核心に迫れるし、話が早いじゃないですか。それに、相手に警戒されなくて済みます。ああ、こいつは気が利かない奴なんだ、と思われるだけなので」

「そのために、わざわざあんな振る舞いをしていたのか……」

尾崎は腕組みをして唸った。そうだとすると、彼女の扱いに戸惑ったり、ストレスを感じたりしたことがすべて無駄に思えてくる。

「最初からその調子でやってくれればよかったのに」

咎める口調で尾崎が言うと、広瀬はわざとらしく首をすくめた。

「私がこういう姿を見せたのは、尾崎係長が初めてですよ。あなたは特別なんです。だって、もう身の上話をしてしまったし」

「まあ、口外はしないと約束するけど……」

「信じていますよ、係長」

彼女は丁寧に頭を下げた。その姿を見ているうち、尾崎はどうも居心地が悪くなってきた。

「なあ、他人行儀な呼び方はやめにしないか？　ずっと気になっていたんだ。君は俺の一年先輩なんだから」

「でも現在、階級は逆転しています」

「もう、いいじゃないか。元は同い年なんだし、固いことは抜きにしないか」

尾崎が提案すると、広瀬はしばらく思案する表情になった。少し迷う様子だったが、やがて彼女はうなずきながら言った。

「わかった。じゃあ、尾崎くんと呼ばせてもらおうかしら」

「ああ、そうしてくれ。そのほうがやりやすい」

「それでは尾崎くん、明日からもよろしく」

広瀬は口元を緩めた。滅多に見られない、彼女の本物の微笑だった。

スマホで時間を確認したあと、広瀬は公園を出て三ツ目通りを歩きだす。

ショートカットにした髪に、すらりとした手足。靴音を響かせて歩くさまは、颯爽《さっそう》とランウェイを進むファッションモデルのように見える。強い意志と自信を持って、彼女は歩いていく。

しばらくその姿を見つめてから、尾崎は彼女のあとを追った。

第三章　異物の味

1

一口に捜査本部と言っても、構成人員によって雰囲気が変わるものだ。指揮を執るのは捜査一課であり、尾崎たち所轄の人間はその指示に従うことになる。だから捜査本部の色を決めるのは所轄ではなく、警視庁本部からやってきた捜一のメンバーだ。

今回の捜査を担当しているのは捜査一課五係で、そのリーダーは片岡係長だった。彼は尾崎が知っている係長の中でも、特に穏やかで紳士的な人物だ。会議のときなど部下ひとりひとりに声をかけてくれる。その結果、今回の捜査本部にギスギスした空気はなく、みな自由に、前向きに捜査をしているように感じられた。もちろん、大きなミスや手抜きの仕事には厳しい叱責があるだろう。だが片岡のやり方は、基本的には褒《ほ》めて伸ばす方法なのだと思われる。

捜査本部全体にそういう特色が出るのと同じように、ふたり一組のコンビにもそれぞれのカラーが出るものだった。

基本的には階級が上の人間が捜査のイニシアチブを取ることになる。このコンビで言えば尾崎は警部補、広瀬は巡査部長だから、何も迷うことはないはずだった。

だが昨夜のことがあって、尾崎はもやもやした気分を感じている。

過去二日間の捜査で、尾崎は広瀬に対して「マイペースで気配りに欠ける人間」というレッテルを貼っていた。普通の捜査員とはだいぶ違って、扱いにくい部分があると感じていたのだ。ところが広瀬によると、あれは一種の演技だという。空気を読まず、ずけずけものを言えるほうが、何かと話が早いらしい。だから気の利かない人間のふりをしていた、ということらしいのだ。

――そんな刑事の話、今まで聞いたことがないぞ。

正直なところ、厄介な相棒に当たってしまったという気がしてならない。

刑事がコンビを組む理由はふたつあって、ひとつは捜査の安全性、確実性を高めるため、もうひとつは上司から部下に捜査指導を行うためだ。結局のところ誰かが広瀬と組んで、彼女をリードしていかなくてはならない。その役目は同じ班にいる尾崎に回ってくるのが自然、ということになるのだろう。

午前七時十五分、尾崎は捜査本部に入っていった。

すでに半分ほどの捜査員がいて、それぞれ仕事を始めている。机の間を歩いて、尾崎はいつも自分が使っている席に近づいていく。そこで、おや、と思った。尾崎の席の隣に広瀬が座っているのだ。彼女は資料に目を通しているようだった。

「おはよう。どうした？　今日はずいぶん早いじゃないか」

尾崎は椅子に腰掛けながら尋ねた。昨日は朝八時に来いと言っておいたら、七時五十九分に現れたのだ。その彼女が今日はこれほど早くから仕事をしている。

広瀬は資料から顔を上げた。

「おはよう、尾崎くん。今日からしっかり捜査をしようと思って」

急に「尾崎くん」ときたものだから少し戸惑った。近くの席にいた塩谷と矢部も、驚いてこちらを見ている。だが、そう呼んでくれと昨日話したのは尾崎自身だ。

資料を取り出しながら、尾崎は言った。

「『今日からしっかり』なんて言われると、昨日まではしっかり捜査をしていなかったように聞こえるんだが……」

「ある意味、そうかも」広瀬は口元に笑みを浮かべた。「今日は捜査が大きく進むと思う。私が本気を出すわけだから」

「たいした自信だな」

「警察官たるもの、常に自信を持っていなければ犯罪とは向き合えないでしょう」

そう言われて、尾崎は彼女の顔をじっと見た。

どうも妙な気分だった。話し方だけでなく、表情も今までとはだいぶ違う。昨日までの、つんと澄ました感じが嘘のようだ。

「あらためて、よろしくお願いしますね、尾崎くん」

「ああ……いや、こちらこそ」

尾崎は軽くうなずいてみせる。

昨日とはまた別のやりにくさがあるように思うが、広瀬とのコンビはずっと続けなくてはならないのだ。できるだけ彼女の力を活かせるような形で、捜査を進めていくべきだろう。

朝の会議のあと、ふたりで捜査に出かけた。

駅への道を歩きながら、尾崎は広瀬に話しかける。

「郷田は事故死したわけだが、もしかしたら何か事情があったのかもしれない。誰かに嵌められたってことはないかな」

「それは私も考えたけど、無理だろうということになったわ」

「詳しいことは別として、可能だったと仮定してみよう。……誰かの仕掛けによって郷田は事故死した。それを仕掛けた人間が、郷田の弟分だった手島を今回殺害したんじゃないだろうか」

「まあ、郷田と手島は仲間だったものね。一緒に行動することが多かったから、同じ理由で誰かに恨まれるというのは、たしかに考えられる」

「さらに白根健太郎さんも、実は暴力団と関係があったとしたらどうかな」

「白根さんも？」広瀬は首をかしげた。「さすがに、それは考えにくいんじゃないかな。……まあ白根さんの身辺を調べれば、暴力団と関係あったかどうか、すぐにわかるでしょうけど」

彼女の言うとおりだ。それに関しては尾崎たち鑑取り班の担当だから、あとで調べることにする。若手刑事に頼んでおいてもいいだろう。

「もし郷田、手島、白根さんの三人が暴力団と関係があったとすると……」尾崎は考えながら言った。「たとえば野見川組で内部抗争があった場合はどうだろう。郷田と手島の所属するグループがあった。それとは別に白根さんの所属するグループがあった。組の中で諍《いさか》いが起こって、三人がそれぞれ相手グループから殺害されたというわけだ」

「ただ、郷田の死から五年経っているわよね。なぜそんなに時間が経ってから、手島や白根さんが殺害されたのかがわからない」

「たしかに、そこは疑問が残るところだな」

尾崎はひとり、低い声を出して唸った。まだ情報が足りていないのだ。仮説の上に仮説を積み上げていくこの推測は、やはり危ういものだと自分でも感じた。

タクシーに乗って錦糸町駅に移動した。錦糸町事件の現場を見ておきたい、と思ったからだ。

車を降りて、尾崎は辺りを見回した。総武線の南側には映画館の入った大きな商業施設がある。

「『楽天地《らくてんち》』という名前を聞くと、なんだか昭和の時代を思い出すな」

尾崎は商業ビルを見上げて言った。隣を歩く広瀬が、苦笑いを浮かべた。

「私も尾崎くんも、物心ついたころには昭和は終わっていたじゃない?」

「それでも昭和を感じるんだよ。体験していなくても心動かされることってあるじゃないか。田んぼと畑を見て、ああ懐かしいなあと思ったりするだろう。まったく行ったことのない場所でも」

「ああ、それは私にもわかるような気がする」

JRのガードをくぐって錦糸町駅の北側に出た。こちら側には錦糸公園と繁華街がある。

尾崎たちは北斎通りを渡った。飲食店の多い一画を、さらに北へと歩いていく。

五年前、この繁華街の路地でトラブルが起こった。その結果、ひとりは左脚に重傷を負い、もうひとりは交通事故で死亡してしまったのだ。

目的の店は二軒あった。まず、居酒屋を訪ねてみる。まだ午前中だが、ランチの営業があるため従業員は来ていることを、電話で確認してあった。

「こんにちは」

声をかけてガラス戸を開ける。

カウンター席のほか、フロアにテーブル席が四つあった。壁にはびっしりと手書きのメニューが貼られていて賑やかな印象だ。奥の小上がりにはビール会社のポスターが貼ってあり、水着のキャンペーンガールがジョッキを持ってにっこり微笑《ほほえ》んでいた。

これはまた、いかにも昭和っぽい店だな、と尾崎は思った。どちらかというと中高年に人気がありそうな内装だが、実は五年前、郷田裕治がよく飲みに来ていたのだ。

カウンターの向こうに五十歳前後の男性がいた。髪にパーマをかけ、腹には贅肉《ぜいにく》があって、いかにも飲み屋の大将という感じの人物だ。店に入ってきた尾崎たちを見て、彼は会釈をした。

「ああ、警察の人？」

「お電話を差し上げた深川署の者です」尾崎も軽く頭を下げた。「忙しいときにすみません。ちょっとお話をうかがえますか」

「かまわないよ。五年前のことだっけ」

タオルで手を拭ってから、店主はカウンターの外に出てきた。尾崎は警察手帳を呈示する。店主は牛尾《うしお》と名乗った。

「郷田裕治さんのことを覚えていますか？」

「うん。ひとりのときはカウンター席に座っていたから、けっこう話をしたね。あの当時、月に二、三回来てくれていたかな。……まあ、名前を知ったのは、事故のあとなんだけどね」

「飲んでいるとき、どんな話をしていたんですか」

「あの人、投資とか資産運用とかに興味があったようで、いろいろ聞かせてもらった。個人投資家なのかと思っていたけど、どうもそうじゃなかったみたいだね。いわゆる反社関係の人なのかなって」

「そのことは誰から？」

「事故のあと、警察の人がやたら暴力団のことを質問してきたんだよ。だから、郷田さんもそうなんじゃないかなと」

牛尾の勘が鋭かったというべきか。それとも聞き込みに来た捜査員が、少し迂闊《うかつ》だったのか。いずれにせよ、牛尾は郷田が反社会的勢力と関わっていることに気づいていたようだ。

「ほかに何か、覚えていることはありませんか」

「そうねえ……。あの人、よく都内の地図を見ていたよ。あちこち付箋を貼ってね。町歩きが好きだったのかな」

「郷田さんと一緒に、手島さんという人は来ていませんでしたか？」

尾崎は顔写真を取り出して、相手に見せた。牛尾はゆっくりとうなずく。

「何度か見たことがあるね。……あれ？　ということは、この人も暴力団関係だったの？」

「組員ではありませんが、郷田さんと一緒に組の仕事を手伝っていたようです」

「なるほど。まあ、組員だったら雰囲気とか話の内容とかで、俺でも気がつくからね」

うんうん、と牛尾はひとりうなずいている。

「郷田さんたちが、何か特殊な話をしていたことはありませんでした？」

「特殊な話って？」

「たとえば、犯罪に関わることとか……」

「いや、それは知らないなあ。もし話していたとしても、俺なんかに聞こえるようにはしないでしょ」

もっともな意見だ。少し考えたあと、尾崎は別の質問をした。

「五年前の三月六日、郷田さんはここで飲んでいたことがわかっています。覚えていますか？」

「うん、当時も訊かれたからね」牛尾は記憶をたどる表情になった。「その日、うちの店に来たのはいつもより遅くて、夜十時半ぐらいだった。ひとりでカウンター席に座ってね。ビールとチューハイを飲んで、さっと食事をして、十一時ごろ帰っていったんだ」

「三十分しかいなかったわけですね」

「そう。仕事のことなのか、何か気にしているようだった。とりあえず腹を満たして、すぐ帰っちゃったんだよ」

尾崎は眉をひそめた。相手の顔をじっと見つめる。

「いったい何が気になっていたんでしょう?」

「いや、俺にはわからないな」

そうですか、と尾崎はつぶやく。

隣にいた広瀬が、バッグの中を見てごそごそやり始めた。やがて彼女は坂本高之の写真を取り出し、牛尾に見せた。

「お店で、この人を見たことはありませんか?」

可能性は低いが、もしかしたら郷田と坂本は知り合いだったのかもしれない。そう考えてのことだろう。

牛尾は写真を見ていたが、じきに首を横に振った。

ここでは得られるものがないようだ。礼を述べて、尾崎と広瀬は居酒屋を出た。

次はスペインバルだ。

角を曲がり、五十メートルほど離れた場所にある店を訪ねた。ドアを開けると、テーブル席はふたつだけだった。メインとなるのはカウンター席だ。雰囲気としてはショットバーに似た感じだが、黒板に書かれた料理は意外と充実している。ここは酒を出すだけでなく、コーヒーや軽食なども提供する店らしい。ランチタイムの営業もあるようで、今は開店準備中だ。

尾崎たちが入っていくと、カウンターを拭いていた男性がこちらを向いた。歳は四十代だろう。痩せてひょろりとした体形の人物だ。

「お電話を差し上げた、深川署の者です」

「お待ちしていました。オーナーの貝塚《かいづか》です」

貝塚は尾崎と広瀬を壁際のテーブル席へ案内し、椅子を勧めてくれた。先ほどの牛尾と比べると、かなり丁寧な物腰の男性だ。

「実は、五年前のことをお訊きしたいと思いまして」

「坂本さんのことですよね。あの方は当時、毎週のように来てくださいましてね」

「名前もご存じだったんですか？」

「そうです。二回目に来店されたときでしょうか、わざわざ名刺をくださったので」

「機械部品メーカーの名刺ですね？」

「いえ、個人で作ったものでした」

「……そこには何と？」

「名前と住所、電話番号が印刷されていました。趣味で骨董品《こっとう》の収集をしていたそうですが、古物商の資格を取って、商品売買の斡旋《あっせん》なども手がけていたようです」

あの、すみません、と広瀬が言った。

「あそこに飾ってあるものも、そうですか？」

彼女が指差しているのは、店の奥にあるガラスケースだった。凝った装飾の施された皿やカップ、スプーンやフォークなどのカトラリーが収められている。それらは、黒を基調とした店の雰囲気とよく合っていた。

「ああ、そうなんです」貝塚はうなずいた。「正直な話、アンティークの価値はよくわからないんですが、坂本さんに勧められて飾ってみたら、なんだか気に入ってしまいましてね。趣味だというだけあって、坂本さんはいいセンスをしていますよ」

貝塚は穏やかな目でガラスケースを見ている。

「五年前の三月六日、事件のあった日ですが、坂本さんはどんな感じでしたか」

「あの件は本当にお気の毒でしたよね。脚に大怪我をしてしまって……」貝塚の顔が曇った。「特にいつもと変わりはありませんでしたよ。常連のお客さんといろいろ話したりして……。五年前にも刑事さんに説明しましたけど、あの日はグラスビールを三杯ぐらい、あとは赤ワインを何杯か飲んでいました」

「だいぶ酔っている感じでしたか？」

「いえ、いつもと同じだったと思います。帰るときも常連さんに冗談を言って、笑わせていましたし……」

広瀬が顔写真をテーブルの上に置いた。そこに写っているのは、坂本を負傷させた郷田裕治だ。

「この男性を知っていますか？」広瀬は尋ねた。

貝塚は写真に目を落とす。数秒見つめていたが、顔を上げて彼は言った。

「この人、坂本さんを刺した犯人ですよね？　刑事さんから写真を見せられた覚えがあります」

「お店に来たことは？」

「ありません。この犯人は、近くの居酒屋で飲んでいたそうですね。坂本さんが帰っていったのは夜十一時ごろです。そのへんの道で揉め事になったんでしょう？　なんというんですかね、タイミングが悪かったとしか……」

「それは言えますね」と尾崎。

「あと少し早いか遅いか、時間をずらしていたら事件は起こらなかったはずです。ちょっと会計が遅れたとか、トイレに寄っていたとか、そういうことがあれば……」

坂本自身も、あと一分違っていたら、と悔しがっていた。ほんのわずかでも店を出る時間が違えば、坂本が郷田とトラブルになることはなかったのだ。

「そう考えますとね、ちょっと責任を感じてしまうんですよ。……誰のせいでもないのはわかっています。でも、あのときもう少し雑談を続けていたら、坂本さんは大怪我をせずに済んだんじゃないかと」

貝塚は深いため息をついた。その表情は、強い痛みをこらえている病人のようにも見えた。


スペインバルを出て、尾崎と広瀬は飲食店の並ぶ道を歩き始めた。

広瀬が資料を見ながら言う。

「その日の二十三時過ぎ、郷田と坂本さんはそれぞれ飲んでいた店を出た。……私たちが今歩いているのは、坂本さんがたどった経路ね。こうして歩いていって、ここで左へ曲がる」

坂本は錦糸町駅のほうへ行こうとして、角を曲がったのだろう。そのまま進んでいくと、じきに先ほど聞き込みをした居酒屋が見えてきた。

「この居酒屋の前を通って、坂本さんは駅へ行こうとしていた。そこに郷田がいた。酔っていることもあって、ふたりはぶつかってしまった」

「まあ、暗かったせいもあるだろうな」

「尾崎くん、そこから歩いてきてくれる？」

広瀬はそう言うと、自分は居酒屋の出入り口まで走っていった。郷田を演じようとしているのだろう。

言われたとおり、尾崎は居酒屋のほうへと近づいていく。その店の前を通って駅へ向かうという、坂本の行動をなぞっているわけだ。

尾崎が居酒屋の前に差し掛かったところで、出入り口のそばにいた広瀬が勢いよくぶつかってきた。

「痛いな、と言って」

「……こうか？　痛いな！」

「てめえ、ふざけるな……という具合に郷田は怒った。暴力団とも関わりがあるし、普段から声も大きかったんじゃないかと思う」

「それで坂本さんはたじろいだわけだ。郷田は体が大きいから、これはまずいと」

「郷田のほうはカッとなって、ナイフを取り出した。そのまま坂本さんに襲いかかる」

広瀬は右手を尾崎のほうへ突き出す。

「尾崎くん、何をしてるの。もっと抵抗して」

「ああ、そうか」

相手がナイフを持っているという想定で、尾崎は身をかわそうとする。揉み合いになった。そして広瀬の右手が尾崎の左脚に触れる。

「痛がってよ」

「……やられた。痛い！」

「ナイフは坂本さんの脚に突き刺さっている。動揺する郷田。そこへ騒ぎを聞きつけて警察官がやってきた。目撃者が騒いだとか、そういうことでしょうね。郷田は逃げ出す」

「さすがの郷田も慌てたわけだ」

もし現場に駆けつけた警察官がひとりだけだったら、郷田は逃げおおせていたかもしれない。だが警察官はふたりいた。ひとりは坂本を助け、もうひとりは郷田を追跡したのだ。

居酒屋を離れて、尾崎たちは郷田の逃走経路をたどっていった。しばらく行くと、片側二車線の広い道路に出た。四ツ目通りだ。これを無理に横断しようとして、郷田は車に撥ねられてしまった。

「ここを渡ろうとした人間を、故意に轢《ひ》くということは可能かな」

道路の左右を見ながら、尾崎はつぶやく。

「車は普通の自家用車ということだったけど……」

「調べてみるか」尾崎は言った。「郷田を轢いた人間はもちろんわかっている。その人物の身辺をチェックしてみよう」

広瀬を促して、尾崎は錦糸町駅のほうへ向かった。

2

捜査資料を参照して、尾崎たちは郷田を撥ねた男性を訪ねた。

彼の勤務先や親族、友人、知人を調べたのだが、不審な人間関係は見つからなかった。男性はやはりシロだ。五年前の三月六日、偶然四ツ目通りで郷田裕治を撥ねてしまった。彼にとっては不運以外の何物でもない事故だっただろう。

自販機の缶コーヒーを飲みながら、尾崎は今後の捜査について広瀬と相談した。

「このまま郷田と手島の関係、さらに白根さんのことを調べる？　尾崎くんがそうすると言うなら、私は従います」

「君はどう考えている？」

「……私の意見を言ってもいいの？」

「もちろんだ。聞かせてくれ」

少し考える表情を見せてから、広瀬は再び口を開いた。

「郷田と手島のことをさらに深く調べるのなら、暴力団関係に詳しい協力者を使うのが効率的だと思う。私の協力者なら、そのへんはうまくやってくれるはずよ」

「……もしかして昨日の夜、公園で会っていた男か?」

「そう。優秀な男なの」

「わかった。人選は任せるよ」

「ひとつ問題があるわ。協力者には報酬が必要になる。依頼は私がするけど、報酬は尾崎くんが用意してくれるということでいいかしら」

「ああ。ちゃんと払うから、とにかく仕事を依頼してくれ」

「OK、承知しました」

広瀬はスマホを取り出して、電話をかけ始めた。

協力者は尾崎にも何人かいるが、今すぐ野見川組のことを調べてくれと言っても無理だろう。そうであれば、広瀬の知り合いに頼むほうが早いし、確実だと思われる。

「……はい、ではそういうことでお願いします。何かわかったら報告してください」

電話を切って、広瀬はこちらを向いた。

「依頼は受けてもらえたけど、急ぎだということで特急料金を請求されそう」

「仕方ない。払うよ」

自分のポケットマネーを使うわけではないから、それほど金額を気にすることはない。

だが、加治山班長に経費として認めてもらうには、あとで手間がかかりそうだった。

加治山をどう説得しようかと考えていると、スーツのポケットで電話が鳴った。尾崎はスマホを取り出し、画面を確認する。その加治山班長からの電話だった。

「はい、尾崎です」

「緊急連絡だ」加治山は硬い声で言った。「警視庁にメールが届いた。過去ふたつの事件の犯人からだと思われる。捜査一課が、そう断定した」

えっ、と声が出てしまった。尾崎はスマホを握り直して問いかける。

「いったい、何と言ってきたんですか」

「大田《おおた》区大森《おおもり》にある廃店舗を調べろというんだ。現場は廃業した飲食店らしい。そこに次の被害者がいると……」

「三件目の事件ってことですか？」

尾崎は眉をひそめた。本当なのだろうか、という疑念が頭をよぎる。一昨日、昨日に続いて今日もまた新しい事件が起こったというのか。

「……それで、廃店舗というのはどこなんです？」

「大森の廃店舗、手がかりはそれだけだ。あとは自分たちで捜せということだろう。まったく、厄介なことになった」

「班長、いたずらだという可能性はないんですか？」

「文面から、一連の事件の犯人であることは間違いないらしい。これまでの経緯を考えると、奴は無駄なことはしないだろう。我々には、第三の事件の発生を否定するだけの根拠がない。捜一の片岡係長も同じ意見だ」

あの犯人が言ってきたのなら、おそらく事実なのだろう、というわけだ。警察が犯罪者の言うことを信じるというおかしな状況になってしまっている。だが、ふたつの事件のあとに届いたメールだ。可能性がある以上、警察は動かないわけにはいかない。それは、尾崎としても同意するところだった。

「どう捜します？」

尾崎が尋ねると、電話の向こうで紙をめくる音がした。

「今、捜索の分担表を作っているところだ」加治山は言った。「地図やネットのレストランガイドを調べて、大森にある飲食店を洗い出している。もちろんすべてというわけにはいかないが、目安にはなるだろう。あとは現地で情報収集してほしい」

「行った先で、廃業した飲食店がないか訊いて回るわけですか？」

はたして、そう簡単に見つかるだろうか、という思いがある。

「……不満なのか？」

「いえ、とんでもない」尾崎は咳払いをした。「足と耳で稼ぐのは捜査の基本です。任せてください」

「よろしく頼む。担当エリアが決まったらメールする」

「わかりました。すぐ大森に向かいます」

電話を切ると、尾崎は今の話を広瀬に伝えた。そばで尾崎の通話を聞いていたから、彼女にもだいたいのことはわかっていたようだ。

「犯人は大森で事件を起こしたのね？」

「飲食店の廃店舗を捜せと言っているらしい」

「対象となる店舗がどれぐらいあるかわからない。時間がかかりそうね」

「そのとおりだ。簡単な仕事ではないだろう。だが、やるしかない。いいな？」

「ええ、もちろん」広瀬は真剣な表情でうなずいた。「行きましょう、大森へ」

今度はいったいどんな現場状況になっているのだろう。犯人はまた猟奇的な細工をしていったのか。嫌な予感が膨らんできた。

尾崎たちは電車で移動することにした。

ＪＲ大森駅を出たところで、加治山班長からメールが届いた。尾崎たちの担当エリアは、大森南だという。

今回の捜索対象地区は大森北、大森東、大森本町、大森中、大森西、大森南となる。これらが犯人の指定した「大森」なのだが、大森駅の周りにはほかに南大井《みなみおおい》や山王《さんのう》などの町もある。念のため大森周辺の地域も調べることになったようだ。

「大森南はというと……駅から三キロも離れているじゃないか」尾崎は腕時計を見た。

しい。

「時間がもったいない。タクシーで行こう」

大森駅東口のタクシー乗り場から車に乗った。ほんの数分ではあるが、今は時間が惜しい。

代金を払って車を降りる。メールに書かれていた飲食店の情報をもとに、ふたりで歩きだした。

「飲食店のリストを参考にする」尾崎はスマホを見ながら言った。「もし廃業している店があったら、中を調べてみる。その繰り返しになるだろう」

「ええ、了解です」

広瀬はこくりとうなずいた。

大森南はほとんどが住宅街だが、病院や図書館といった施設、会社の事務所や倉庫などもあるらしい。担当の範囲は決して狭くはなかった。ただ、飲食店の数は限られているようで、その点では捜索しやすいと言える。

リストを見て、通りを一本ずつ調べていくことにした。広瀬は地図帳を手にしている。ここへ来る途中、コンビニエンスストアで買ったものだ。

「あそこにカフェがあるわね。営業しているから問題なさそう」

「その斜め向かいに蕎麦屋《そば》がある。あれも営業中だ」

「次は三十メートルほど先、中華料理店」

商業地域なら、各フロアに飲食店が入った雑居ビルなどもあるだろう。だがこの辺りだと、あちらの建物に一軒、こちらに一軒というふうに店は散らばっている。これなら見落とすことはなさそうだ。

しばらく行くと、明らかに廃屋だと思える二階家があった。壁にひび割れが目立ち、かなり古い建物だとわかる。道路沿いに窓がふたつあって、中にショーケースなどが見えた。

「ケーキ屋さんだったみたいね」

「飲食店ではないから、対象外ってことか」

尾崎は歩きだそうとした。だが、すぐにうしろから呼び止められた。

「待って、尾崎くん」広瀬はガラス越しに店内を覗き込んでいた。「狭いけどテーブル席がある。ケーキやお茶を出していたんじゃない？」

「だったら確認する必要があるな」

出入り口は建物の右側、道路から二メートルほど入ったところにあった。店内が混んでいるとき客に使わせていたのだろう、木製のベンチがひとつ置かれている。

白手袋を嵌めて建物のドアに手をかけると、施錠されていないことがわかった。尾崎はそっとドアを開け、中の様子を窺う。店内にあるショーケースが割られ、床にガラスが散乱していた。そのほか、床にはゲーム雑誌やスナック菓子の袋なども落ちている。

店が無人になったあと、何者かが侵入したのではないか。

「誰かいますか?」尾崎は中に声をかけた。「荒らされているようですが、大丈夫ですか?」

奥から応答はなかった。広瀬をちらりと見てから、尾崎はドアを大きく開けて店内に入った。

「警察です。中を確認させてください」

ガラスを踏まないよう注意しながら、売り場を進んでいった。ショーケースはふたつ並んでいたが、いずれもガラスを叩き割られている。床の雑誌などから、ここに入ったのは若者ではないかと思われた。

広瀬が言ったとおり、売り場の隅にちょっとした喫茶コーナーがあった。二人掛けのテーブルと四人掛けのテーブルが用意されている。

ここまでのところ、特に問題はないようだ。尾崎は喫茶コーナーを出て厨房に向かおうとした。

そのときだ。ショーケースの裏側、店員がケーキを取り出したり箱詰めしたりするスペースに、何かが見えた。

黒っぽい服を着た誰かが、床に倒れている。そう思えた。

尾崎は息を詰めて身構える。それに気づいて、広瀬もショーケースの裏に目を向けた。

ゆっくりと腰を屈《かが》めて、尾崎はその物体に近づいた。だが、調べてみれば何のことはない、黒っぽいレインコートが脱ぎ捨てられていただけだった。たまたま人が倒れているような形に見えたのだ。

気を取り直して厨房を調べてみる。また、居住スペースである二階にも上がってみたが、どこにも異状はなかった。

「若い連中が忍び込んだんだろうな」尾崎は広瀬のほうを振り返った。「金目のものは何もないとわかって、じきに出て行ったんじゃないか？」

「それで腹を立てて、ショーケースを割っていったのね」

「よし、この建物はＯＫだ。次へ行こう」

店の外に出ると、広瀬は地図帳を開いてマークを付けた。

このように、廃業した飲食店をひとつずつ確認していこうというわけだ。地味な捜査だが、丁寧に進めていく必要があった。

ラーメン店、焼き鳥店、インド料理店など、営業している店の場所を地図でチェックした。しばらくして、リストに載っていないドーナツ店が見つかった。開店セールというポスターが貼り出されている。どの町でも飲食店の入れ替わりは多い。それだけ競争の激しい業界なのだろう。

「仮に飲食店がつぶれたとしても、すぐに次の店が入るものね」

広瀬が話しかけてきた。尾崎はうなずく。

「立地がよければそうだろうな。でも住宅街で個人がやっていた店がつぶれたら、そのままになってしまうかもしれない」

「廃屋として放置されるということ?」

「たとえば……店主が亡くなって親族が相続したけれど、建物を取り壊す金がなくて放置されてしまうとか」

「たしかに最近は、都内でも空き家が増えているわよね。倒壊の危険があったり、犯罪に使われる可能性があったり、いいことはないでしょうね」

「……あれなんか、どうだ?」

尾崎は前方の建物を指差した。

駐車場と美容院に挟まれた土地に、青い屋根の家があった。一階に広いガラス戸の入り口があり、《めし　酒　大衆食堂　こじま屋》という看板が出ている。だが看板も壁もすっかり汚れてしまって、今は営業していないことがわかった。

尾崎はあらためて白手袋を両手に嵌めた。建物の正面に近づいて、ガラス戸に手をかける。がたがたと動かしてみたが、施錠されていて開かなかった。

尾崎は建物の裏に回った。広瀬もあとからついてくる。

雑草を踏み締めて進んでいくと、勝手口が見つかった。手袋を嵌めた手でノブに触れてみる。たいした抵抗もなく、ノブは回った。施錠されてはいないようだ。

ノブをつかんだまま、そっと手前に引いていった。軋《きし》んだ音を立てながら、ドアはゆっくりと開いていく。少し隙間が出来たところで、尾崎は中を覗き込んだ。

屋内は薄暗いが、窓から明かりが射《さ》しているため、ライトは必要なさそうだ。

そこは台所だった。板敷きの床にはあちこち、黒いカビのような汚れがついている。埃《ほこり》っぽいにおいがした。

腕時計を確認する。まもなく午後零時二十分になるところだ。

広瀬のほうを向いて、尾崎は軽くうなずいてみせた。中に入るぞ、という意志表示だ。広瀬も黙ったままうなずき返してきた。

尾崎は建物に進入した。床は埃だらけだから、土足で上がらせてもらうことにする。

「こんにちは、警察です」奥に向かって尾崎は声をかけた。「誰かいますか？　鍵が開いていたので入らせてもらいました。中にいたら返事をしてください」

耳を澄ましてみたが、屋内から応答はない。

今いる台所は一般家庭のものと同じくらいの広さだ。おそらくここは住居部分で、商売をするための厨房は別にあるのだと思われる。尾崎は台所の奥にあるドアを開けて、廊下を進んだ。

脱衣所には古いタオルが何枚か落ちていた。浴室を確認すると、浴槽の底は埃や汚れで黒くなっている。

廊下に面した場所に畳敷きの部屋がふたつあった。一方は寝室だったのだろう、布団が畳んで置かれていた。他方は物置代わりに使われていたのか、段ボール箱や衣装ケースが放置されている。壁のカレンダーは三年前の日付のままだ。

廊下の突き当たりにまたドアが一枚あった。静かにノブをひねる。きー、と音がして、ドアはゆっくりと開いていった。

姿勢を低くして、尾崎は奥の部屋を覗いた。厨房だ。左手の壁沿いにガスコンロと広い流しが設置されている。調理台の上に、錆《さ》びた包丁がひとつ置いてあるのが気になった。刃物をそのままにして店の人間は出ていったのだろうか。それとも、あとから忍び込んだ何者かが刃物を置いたのか。

厨房の右手はカウンターだ。

注意を払いながらカウンターの外に出てみた。そこは飲食スペースになっている。カウンター席は七つほど、テーブル席は三つある。こぢんまりした造りだ。

壁に貼られたメニューは、埃で汚れて読みづらくなっていた。かろうじて読み取れる部分を見ると、定食類が充実していたようだ。また、ランチだけでなく、夜の営業にも力を入れていたことがわかった。ビールや日本酒、チューハイなどを用意し、旨《うま》いつまみを提供していたのだろう。

窓が少ないから辺りは薄暗かった。尾崎は広瀬とともに、テーブル席の下などを調べていく。

これまでのところ、特に異状はなかった。この建物も外れだったのだろうか。

そう思ったとき、尾崎ははっとした。真ん中のテーブルに鎖が置いてあったのだ。

過去二件の現場で、これに似たものが見つかっている。犯人は鎖を自分のトレードマークにしているのだ。

広瀬も鎖に気づいて、険しい表情を浮かべていた。

店の出入り口のそばで、カウンターは鉤《かぎ》の手に曲がっている。スツールの向こうの床に、何か茶色いものが見えた。

あれは……靴ではないか？

息を詰めて進んでいった。カウンターの陰になった部分を覗き込む。

人が仰向《あおむ》けに倒れていた。グレーのスーツを着て、赤茶色のネクタイを締めた男性だ。

「どうしました？」尾崎は男性のそばにしゃがんで声をかけた。「大丈夫ですか」

だが男性からは反応がない。ワイシャツの腹部に血の痕があった。刃物で刺されたのだろう。

男性の顔を見て、尾崎は思わず眉をひそめた。

彼は口の中に何か含んでいるらしく、頬が膨らんでいる。白目を剝《む》いていることから、窒息したのではないかと思われた。

「しっかりしてください。わかりますか？」

尾崎は男性の頬を軽く叩いてみた。それから相手の首筋に手を伸ばし、総頸動脈《けいどう》に触れた。脈はまったく感じられない。すでに体温が低くなっているのがわかった。胸を確認してみたが、呼吸もしていない。

——くそ、手遅れだった……。

もしかしたら、犯人はこの男性を殺害してしまってから、警視庁にメールを送ったのではないだろうか。この現場を出て、遠く離れた安全な場所からメール送信したのではないか。そうであれば、連絡を受けた時点ですでにこの男性は死亡していたのだ。

悔しい、と思った。犯人の正体がわからない以上、尾崎たちがこの犯行を止めることはできなかった。だがそれにしても、何か方法はなかったのかと考えてしまう。卑劣な犯人に振り回されることが我慢ならなかった。

ひとつ深呼吸をしてから、尾崎は遺体に顔を近づけた。少し開いている唇の間から、黒いものが見えている。しばらく観察してみて、その正体がわかった。

「土だ。口の中に土を押し込まれている。いや、食わされたというべきか？」

「尾崎くん……」

広瀬の声が聞こえた。小さな声だったが、何か重大な発見をしたという気配がある。尾崎は振り返った。

広瀬は遺体から少し離れた場所にしゃがんでいた。ペットボトルやビールの空き瓶、古い雑誌などに交じって、何か落ちていないかと確認していたようだ。

「どうした？」

「これを見て。眼鏡が……」

彼女は黒いフレームの眼鏡を指差していた。数秒それを見て、尾崎は息を呑んだ。

楕円形のフレームには見覚えがあった。

「まさか……菊池さん？」

尾崎はあらためて、倒れている男性の顔を確認した。眼鏡を外していたのと、苦しげに白目を剝いているのとで、すぐにはわからなかった。だが、たしかにそうだ。これは同じ深川署の刑事課に所属する、菊池信吾班長だった。

「ちょっと待ってくれ！」頭が混乱して、考えがまとまらなかった。「なぜ菊池さんがここにいるんだ。どうしてこんなことに……」

かつて、事件現場でこれほど動揺したことはなかった。広瀬の前だったが、恥ずかしいと思う余裕もない。尾崎は呆然《ぼうぜん》としたまま、菊池の遺体を見つめた。

「今朝は……見ていないわよね」

広瀬が尋ねてきた。我に返って、尾崎は記憶をたどった。

「そうだよな。今朝の会議では見ていない。昨日の夜は会ったよ。俺が捜査でミスをしたんじゃないかと、気にしてくれたんだ」

「だとすると、菊池班長は今朝までの間に……」

そう考えるのが妥当だった。昨夜いつ菊池が外へ出ていったのか、同じ班のメンバーなら知っているはずだ。出かける前、彼は何か話していなかっただろうか。これまでの捜査で、何か気にしている様子はなかったか。

尾崎はスマホを取り出し、上司に架電した。三コール目で相手が出た。

「加治山だ。何かあったか？」

「大森南で、廃業した大衆食堂を見つけました。中で……男性が死亡しています」

電話の向こうで、加治山が唸り声を出した。

「奴のメールは本当だったか。わかった。詳しい場所を教えてくれ。こちらから応援を出して……」

「もうひとつ大事な報告があります。死亡していたのは菊池班長です」

「え……」

さすがにこの情報には驚いたようだ。加治山は慌てた様子で尋ねてきた。

「菊池って、あの菊池か？　いや……なんでそこに……。いったい何が起こった？」

「俺にもわかりません。廃屋に入って中を調べていたら、男性が倒れていて……」

尾崎は現場の状況を伝えた。今、加治山の顔は見えないが、おそらく眉間に皺を寄せているに違いない。

「遺体の口の中には土が入っているんだな？　どこから持ってきたんだろう」

「それは……」

床の上はすでに広瀬が調べてくれている。尾崎は立ち上がって辺りを見回した。カウンターの端、壁の近くに洗面器が置かれていた。近づいて確認すると黒い土が入っている。遺体の口腔《こうこう》内のものとよく似た色だ。口に詰め込むときに使ったのか、大きめのスプーンが一緒に置いてあった。

「見つけました。カウンターの上に土があります」

そのとき、尾崎は違和感を抱いた。土のにおいの中に、わずかな酸味があるように思えたのだ。

よく調べてみると、洗面器の陰に調味料の容器がふたつあった。

両目を見開いて、尾崎はそれらを凝視した。

「俺の勘違いかもしれませんが……」尾崎はふたつの容器を見ながら言った。「この土には、ソースとケチャップが混ぜられているかもしれません」

「何だと？」加治山が聞き返してきた。「ソースとケチャップ？　おまえ、いったい何を言っているんだ」

尾崎は広瀬を手招きした。話を聞いていた彼女は、洗面器の中を覗き込む。くんくんとにおいを嗅いでから、尾崎に向かって深くうなずいた。

「広瀬も同じ考えのようです」尾崎は言った。「被害者は、ソースやケチャップで味付けされた土を食わされたんですよ。ここにその容器があるんです」

「……信じられないな。犯人はどういうつもりなんだ」

「この現場を見て、ますます奴の考えがわからなくなりました」

加治山はすぐに応援の刑事と鑑識課員を手配してくれるという。

電話を切った尾崎は、軽く息をついてから遺体のそばに立った。冷たくなってしまった菊池を見ているうち、胸が苦しくなってきた。最後の瞬間、彼はいったい何を考えたのだろう。犯人の顔は見たのだろうか。何か話すことはできたのか。

尾崎は菊池に向かって手を合わせた。

広瀬は黙って隣に並んだ。だが、よほど衝撃が大きかったのか、彼女は遺体を拝むこともせず、菊池の顔をじっと見つめていた。

3

午後二時から、深川署で臨時の捜査会議が開かれた。

捜査開始から三日目。すでに何度かの会議を経て、刑事たちもこの場の雰囲気には慣れてきている。だが今回の会議には、普段とはまったく異なる緊張感があった。

昨日まで自分たちとともに活動していた刑事が、今日になって遺体で見つかったのだ。親しく話したり、打ち合わせをしたりした者もいるだろう。食事をともにした者もいたはずだ。今、みな深刻な表情でこの会議に臨んでいた。

捜査一課の片岡係長も、かなり険しい顔をしていた。普段は温厚で穏やかな表情を見せている人だが、今回ばかりは違う。ぴりぴりした空気の中、彼は話しだした。

「すでに聞いていると思うが、本日十二時二十分ごろ、大田区大森南にある元大衆食堂で男性の遺体が発見された。被害者は菊池信吾警部補、四十八歳。我々とともに捜査を行ってきた、あの菊池警部補だ。なぜこんなことになったかはわからない。だが、そうだな、まずは彼の冥福を祈らなければ……」

誰からともなく刑事たちは立ち上がり、黙禱《もくとう》をした。

みなが再び椅子に腰掛けるのを待ってから、片岡はあらためて口を開いた。

「昨日の菊池警部補の様子を知っている者はいるか？」

彼は捜査員たちの顔を、左から右へと順番に見ていく。前から五列目に座っていた男性が手を挙げた。

指名を受けて、彼は立ち上がる。

「菊池班の小田です」

上司の菊池もそうだったが、小田も温厚な性格だ。大仏のような風貌で、同僚たちからよく飲みに誘われている。しかしその小田が今、ひどく険しい表情を浮かべていた。

「報告します。……昨夜、捜査会議が終わったあと、私は菊池班長と一緒にコンビニへ弁当を買いに行きました。戻ってきて食事をして、仕事を終えたのは午後十一時半ごろだったと思います。そこから先はそれぞれ別に過ごしましたので、班長がどうしていたかはわかりません。今朝になって班長がいないのに気づきました。同僚にも訊いたんですが、誰も見ていないと……。おそらく夜の間に、ひとりでどこかへ出かけたんだと思います」

そこまで喋ると、小田は下を向いて小さく息をついた。上司を亡くしたショックで、心ここにあらずといった様子だ。

「小田は夜、どこで寝たんだ。署の道場じゃなかったのか？」

片岡が尋ねた。決して咎めるような調子ではなかったが、小田は敏感になっているようだ。緊張した顔で片岡を見つめた。

「おっしゃるとおり、道場で寝ていました。ですが、すぐそばに布団を敷いていたわけではなかったので、班長が出ていったことには気づきませんでした。……申し訳ありません」

「君に謝ってもらっても仕方がない」そう言ってから、片岡は咳払いをした。「君の責任を問おうというわけではないんだ。正確に、事実だけを聞かせてほしい」

「……はい」

肩を落として小田はうなずく。同じ班の人間として、彼は心苦しく感じていることだろう。それを見ている尾崎もまた、辛《つら》い思いを味わっていた。

「菊池警部補がいないことに気づいたのはいつだった？」

「私が気づいたのは今朝、捜査本部に来たとき……たしか午前七時半ぐらいでした。朝食をとりに行ったんじゃないかと思いました。ですが八時になっても姿が見えないので、電話をかけてみたんです。でも、通じませんでした」

「誰かに呼び出された可能性は？」

「ネタ元の人物と近々会う、と言っていたのを覚えています。でも詳しいことはわかりません。コンビを組んでいた捜一の若手刑事も知らないと言っています」

「ひとりで行動したということか？　うちの若手を連れていけば、こんなことにはならなかっただろうに……。まあいい、わかった」

片岡は話を切り上げて小田を座らせた。小田は意気消沈という表情だ。菊池班のほかのメンバーも、沈痛な面持ちで幹部席を見つめている。

「次、鑑識課」片岡は捜査員席の一角に目をやった。「現場の状況を話してくれ」

はい、と答えて本部の鑑識課員が立ち上がった。

「事件現場は大田区大森南の元大衆食堂で、三年前から廃屋になっています。勝手口の錠を開けて、犯人は中に侵入したようです。菊池班長の遺体は店舗部分、カウンターのそばで発見されました。腹部を刺されて致命傷を受けたところへ、口腔に土を押し込められたものと思われます。失血死ということになりますが、死亡推定時刻はまだわかっていません」

「おそらく、今日の未明だろうな」

「この土ですが、分析の結果、ソースとケチャップが混ぜられていたことがわかりました」

「尾崎たちからの報告どおりか。店にあった調味料が使われたのか？」

「いえ、現場にあった容器の賞味期限を確認したところ、まだ新しい商品でした。以前、その店で使われていたものではありません」

驚いたという表情で、片岡は鑑識課員を見つめた。

「犯人が用意したわけだな。大衆食堂という場所を意識して、そんなことをしたんだろうか。それにしても趣味が悪い」

尾崎も同じ意見だった。土と調味料という組み合わせに、まず違和感がある。しかも犯人はその「味付けした土」を被害者に食わせたのだ。まったく意味がわからなかった。そうだ。意味がわからないからよけいに不気味だと感じるのだろう。

「次は地取り班」片岡は議事を進めた。「大衆食堂周辺での聞き込みはどうだった?」

地取り班の主任が立ち上がった。

「現場となった大衆食堂は今から三年前に閉店したものです。持ち主が様子を見に来ることもなく、ずっと放置されていました。昨日から今日にかけて、不審な人や車を見なかったか近隣で尋ねましたが、今のところ目撃情報は出ていません。建物の右隣は美容院なので夜は無人ですし、左隣は駐車場です。誰かが廃屋に出入りしたとしても、気づかれにくかったのだと思われます」

「最近、誰かが廃屋を下見に来ていたようなことは?」

「そういう情報も出てきていません」

片岡は渋い表情で唸った。手元の資料を開いて内容を確認したあと、再び捜査員席のほうを向く。

「鑑取り班、菊池警部補の関係者についてはどうだ」

捜査員席で捜一の鑑取り班メンバーが、いくつか言葉を交わしている。やがて初老の男性刑事が椅子から立った。

「まだ本格的な捜査はできておりませんが、今のところ、菊池班長と廃屋の持ち主との関係はわかっていません。このあと班長の奥さんにも話を訊きます。事件について何か心当たりはないか確認する予定です」

「わかった。詳しく話を聞いてきてくれ。いずれ遺族に対して、幹部が今回の件を報告しに行くと思う」

気が進まない仕事だろうな、と尾崎は思った。菊池の直接の上司は刑事課長だ。彼と深川署の副署長あたりが弔問《ちょうもん》に行くことになるのだろうか。葬儀はいつ行われるのか。そのときには、深川署の同僚だった自分も参列することになるはずだ。奥さんの顔を見るのはかなり辛いことだろう。

――たしか、菊池さんには子供もいたんじゃなかったか？

ますます気の滅入《めい》る話だ。尾崎は独身だが、残された者の気持ちは充分に想像できる。奥さんが取り乱していなければいいが、と思った。

腕組みをしながら、片岡は言った。

「それにしても、こんなことになるとは……」彼はゆっくりと首を左右に振った。「現役の刑事が殺害されてしまった。犯人の目的は何なんだ？　誰か考えのある者はいるか」

捜査員たちはみな黙り込んでいる。この場で何をどう言えばいいのか、考えがまとまらないという様子だ。

そんな中、女性の声が聞こえた。

「意見を申し上げてもよろしいでしょうか」

尾崎の隣で広瀬が手を挙げていた。物怖《ものお》じしない性格だとわかってはいたが、ここで発言しようとするとは思わなかった。

「ああ、かまわない」

片岡の許可を得て、広瀬は立ち上がった。

「動機については、ふたつの考え方ができると思います。ひとつは、菊池班長の捜査が犯人に及んだため、脅威だと感じた犯人が班長を殺害した、という考え方です」

そうだな、と片岡は応じる。

「知らずに犯人と接触してしまった、ということか。聞き込みをしているうち何か妙だと気づいて、犯人にあれこれしつこく質問した。それで犯人は、菊池班長を邪魔だと感じて……」

そこまで言って、片岡は首をかしげた。広瀬の顔を見ながら問いかける。

「しかし、菊池警部補は捜一の若手とコンビを組んでいた。ひとりだけ狙われるというのは妙だ」

片岡の意見を聞いて、広瀬は何度かうなずいた。自分でもその説の弱さは心得ていたようだ。

「そこで、もうひとつの考え方なのですが……。ここ数日の捜査とは関係なく、犯人は最初から菊池班長を殺害するつもりだった、というものです」

「元から計画に入っていたとする見方か。……そうだった場合、話はかなり複雑になるぞ」

「ええ。動機は何か、ということですよね」

そのとおり、と片岡は言った。

「手島恭介、白根健太郎、菊池信吾警部補。三人とも遺体はひどい状態だった。あんな手の込んだ殺し方をしたんだから、犯人には強いこだわりがあるに違いない。奴は三人の被害者に、同じように恨みを抱いていたんじゃないだろうか」

たしかにそうだ、と尾崎も思った。

強い恨みがないとしたら、犯行にかけた時間と労力が説明できなくなる。手島のときは庭に穴を掘って被害者を埋め、シュノーケルから水を流し込んで殺害した。白根のときは殺害後に両目を抉り、頭にポリ袋をかぶせた。菊池のときは腹を刺したあと、調味料を混ぜた土を口に押し込んだのだ。どれも大変な手間がかかることだった。

広瀬はさらに続けた。

「手島と白根さんの関係もまだわかっていませんが、今度は現役刑事である菊池班長が殺害されました。私の意見を申し上げるなら、やはり最初から菊池班長も狙われていたのだと思います。一見、関係があるようには見えませんが、三人の間には何か繋がりがあったのではないでしょうか」

片岡の表情は冴えない。だが彼は、広瀬の考えを否定はしなかった。

「君の意見は、今後の参考にさせてもらう。座ってくれ」

一礼して広瀬は自分の椅子に腰掛けた。特に緊張したという様子もないし、達成感があるというふうでもない。単に、捜査員全体が意見を求められたから、自分の考えを述べたということだったようだ。

片岡は幹部席に近づいて、管理官と何か相談している。ややあって、彼は再び捜査員たちのほうを向いた。

「菊池警部補が殺害されたことから、この捜査本部はさらに増員されることになった。警視庁の幹部たちも、事は重大だと考えている。警察の威信をかけて、必ず犯人を捕まえなくてはならない。全員、肝に銘じること」

あちこちから、はい、という声が聞こえた。刑事たちはみな真剣な目をしている。

そんな中、ドアを開けて廊下に出ていく男性がいた。耳にスマホを当て、誰かと通話しているようだ。捜査員たちはみな、彼に注目する。

一分ほどのち、その男性刑事は戻ってきた。目礼をしたあと、彼は急ぎ足で片岡のそばに行く。何か報告があるようだ。

片岡は彼の話を聞いていたが、やがて捜査員たちのほうに目を向けた。

「新しい情報が入った。菊池警部補の関係先に聞き込みをしたところ、昨夜、彼が会いに行ったネタ元のことがわかった。北野康則《きたのやすのり》という男だ。一年ほど前から警察に協力するようになったらしい。第一の被害者・手島と同じように、暴力団・野見川組の仕事を手伝っていた人物だ」

おや、と尾崎は思った。ここでも野見川組の名前が出てきた。こうなると、郷田と坂本がトラブルになった錦糸町事件は、やはり何か関係がありそうな気がする。

「至急、この北野という男を捜そう」片岡は言った。「そいつが何か知っている可能性がある。鑑取り班を中心に、捜査態勢を組み直すことにする」

片岡は資料を開いて、ホワイトボードに人員の名前を書き出していった。

尾崎と広瀬は早速、外出の準備を始めた。

4

臨時の会議を終えて、刑事たちは再び捜査活動を開始した。

尾崎と広瀬は木場駅に向かって歩きだす。その途中、広瀬はバッグからスマホを取り出した。

「電話を一本かけさせてもらえる？　例の協力者よ」

「ああ、どうぞ」

尾崎は彼女を見守る。じきに相手と繋がったようで、広瀬は話し始めた。

「お疲れさま、広瀬です。……ああ、それはいいんです。調査に時間がかかるのはわかっているので。……電話したのは別件についてです。もうひとつ調べてほしいことができたんですよ。……まあ、そう言わずに。北野康則という男を知っていますか？　野見川組の関係者なんだけど、その男が深川署の刑事と接触していたらしいんです。……刑事の名前は菊池信吾。昨日の夜、ふたりが会う約束をしていたという情報があります。……いえ、残念ながら北野の顔写真は入手できていません」

広瀬はこちらでわかっていることを伝え、北野について調べてくれるよう依頼した。現在その協力者には、郷田と手島のことを調べてもらっている。そこに追加の調査を依頼する形になった。

電話を切って、広瀬はこちらを向いた。

「特急料金を増やしてほしいと言われた。仕方ないわよね？」

「そうだな。特急料金に加えて、グリーン車の料金も出しておこうか」

「面白いわ。今度、伝えておくから」

まったく面白くなさそうな顔をして、広瀬は言った。

尾崎たちは野見川組の関係者を当たっていった。

菊池が会おうとしていた北野は、野見川組の下働きをしていたことがわかっている。組に所属してはいないようだが、仕事を手伝っていたのであれば、組員たちは北野のことを知っているはずだ。

だが、組員たちの口は堅かった。

尾崎たちは初めて組員に接触するが、彼らにしてみればうんざりというところだろう。三好事件以降、捜査員が繰り返し野見川組へ聞き込みに行っているからだ。

「何度も何度も話してるんですよ。俺たちも暇じゃないんでね、同じことを訊くのはやめてもらえませんか」

顎に傷のある組員は、面倒くさそうに言った。どうやらそれは嘘や演技ではなさそうだ。しつこく聞き込みをされて心底迷惑している、という表情だった。

「いや、今回は別の話なんだ」尾崎は相手を宥めるような仕草をした。「前にほかの刑事が訊いたのは、郷田裕治と手島恭介のことだろう？　今回俺たちが訊きたいのは北野康則という男のことだ。組の手伝いをしていたらしいから、手島と同じような立場だったと思うんだが……」

「だからね、北野なんて男のことは知りませんよ」

「じゃあ、菊池という刑事のことはどうだ？　組員と接触していたことはなかったか？」

「そんなこと、俺が知ってるわけないでしょうが」

本当は知っているのかもしれない。だが刑事などには情報を与えたくないという気持ちがあるのではないか。あるいは、組の幹部から口止めされている可能性もある。

いずれにせよ、彼らから情報を引き出すのは簡単ではなさそうだった。

二時間ほど聞き込みを続けたが、これといった情報はつかめない。北野という人間がいるのかいないのか、それさえ疑わしく思えてきた。臨時の捜査会議で報告されたのは、本当にたしかな情報なのだろうか。もし何かの間違いだとしたら尾崎たちだけでなく、ほかの刑事たちも無駄な捜査をすることになってしまう。

だが、そのうちようやく当たりが出た。北野を知っているという男性が現れたのだ。

彼は組員ではなく、野見川組と関係の深い人材派遣会社の人間だった。フロント企業というわけではないが、おそらく裏で金の流れはあるだろう。そういう立場の人間が組の情報を漏らすというのは、普通では考えにくいことだった。にもかかわらず、その男性は聞き込みに応じてくれたのだ。おそらく野見川組に対して何か思うところがあるのだろう。ずっと金を吸い上げられているから、不満を持っているのかもしれない。

「北野康則さんですよね。知ってますよ。直接会ったことはありませんけどね。たしか二年ぐらい前から、組の下働きをしているはずです」

痩せて青白い顔をしたその男性は、声のトーンを落として言った。内容が内容だから、周囲を気にしているようだ。

「もともと北野さんは、そっち関係の人間だったんですかね」

尾崎が訊くと、男性は素早く首を横に振った。

「いや、前は堅気《かたぎ》だったようですよ。詳しいことは知りませんが」

「そういう人がどうして組と関わったんでしょう」

「わかりません。まあ、でも世の中ってそういうもんでしょう。私だって、まさか自分がこんな立場になるとは思いもしなかった。……刑事さん、頼みますよ。組と繋がっている会社だからって、あとで私までしょっ引かないでください。こうして捜査に協力しているんだから」

「もちろんです。我々を信じてください」

尾崎は力強くうなずいてみせた。ここで信頼関係を作っておかないと、相手の口は閉ざされてしまうに違いない。

「北野さんは組とどんなふうに関わっていたんですか」

「私が聞いた限りでは、けっこう深い関係だったみたいですね。基本的に仕事は断らなかったから、かなり信用されていたとか。便利に使われていたようです」

「北野さんが刑事と会っていた可能性はありますかね」

ネタ元だったという情報は伏せて、尾崎は相手に尋ねた。男性は首をかしげる。

「……もしかしたら組員からの頼みで、刑事に接触したことがあったかもしれませんね。金を握らせて、捜査の情報をもらうとか」

「刑事からの情報が野見川組に流れていた、と？」

「まあ、そう考えることもできますよね」

尾崎は腕組みをして考え込んだ。

頭の中に菊池の姿が浮かんでくる。人のよさそうな顔をして、受けない冗談を飛ばす、憎めない人物だった。彼はネタ元に会うため、昨夜捜査本部を出ていったと考えられる。しかしこの男性の言うように、裏で野見川組に協力するようなこともあったのだろうか。それはない、と信じたかった。

はたして事実はどうだったのか、それを突き止めるのが先決だ。北野は協力者として、菊池にどんな情報を提供しようとしていたのか。

「ところでその北野さんは、郷田裕治や手島恭介と知り合いではなかったでしょうか」

「郷田裕治……」男性は眉をひそめた。「その人は知りませんね。手島さんの名前は聞いたことがあります。組の依頼を受けて、運び屋なんかをしていた人ですよね。何日か前に殺されたって聞きましたけど」

「そうです。我々は今、その事件を調べているんです」

「え……。手島さんが殺された事件に、北野さんが関わっているってことですか？　もしかして手島さんのことを……」

「いや、それはわかりません。今は情報を集めている段階なので」

尾崎は口元を緩めてごまかしたが、相手は何か悟ったという顔をしている。この話の流れであれば、勘のいい人間なら気づくだろう。

「北野さんが今どこにいるか、知りませんか」尾崎は尋ねた。

「知りませんね。面識のない人ですから」

ほかにも質問を重ねてみたが、それ以上の情報は得られなかった。

礼を述べて、尾崎たちはその男性と別れた。


昼食をとっていなかったことに気づいて、尾崎は広瀬に話しかけた。

「軽く何か食べておこう。この先も忙しいだろうからな」

「そうね。また事件が起こるかもしれないし」

その言葉を聞いて、尾崎は顔をしかめた。

「嫌なことを言わないでくれよ。心配になってくる」

「尾崎くん、意外と気にする質《たち》なのね」

「こういう仕事をしていると、縁起を担ぐことが多くなる。これ以上、悪いことは起こってほしくないからな。……君はそうじゃないのか？」

「もちろん、悪いことは起こってほしくない。でも、あらかじめ心の準備をしておくことは大事でしょう」

「そのとおりなんだが、できれば口に出してほしくないな」

「わかった。以後、注意します」

　立ち食い蕎麦屋に入って、急いで食事をした。尾崎は蕎麦とミニ天丼のセット、広瀬は天ぷら蕎麦だ。

「蕎麦屋にしてしまってすまないな」

「え？　どうして」広瀬は不思議そうに尋ねてくる。

「いや、立ち食いのこんな店でさ」

「……こんな店というのは、お店にちょっと失礼かなという気もするけど」

「ああ、そうか。たしかに君の言うとおりだ」

　うなずいて、尾崎は残りの蕎麦をすすった。

　そのとき、店の奥から口論する声が聞こえてきた。どうやら客と店員との間でトラブルが起こったらしい。何が原因かはわからないが、客を客とも思わないような態度で店員は怒鳴り散らしている。捨て台詞《ぜりふ》を残して客は出ていった。店員は乱暴な調子で器を洗い始めた。

しばらくその様子を見ていたが、やがて広瀬はこちらを向いた。

「驚いたわ。尾崎くんの言うとおり『こんな店』だったわね」

「俺も驚いている。客商売であれはないよな」

「トラブルか……」広瀬はつぶやくように言った。「男の人って、カッとなるとすぐ手が出るものなの？」

どうやら、五年前に起こった郷田と坂本のトラブルを思い出したらしい。

「そういうところはあるかもな。酔っていたとすればなおさらだ」

「でもナイフを出すのは、かなりまずいことよね」

「普段から持ち歩いていたのなら、出すかもしれない」

「郷田はナイフを使い慣れていたのかしら」

「そうかもな」尾崎はうなずく。

広瀬は何か考える様子だったが、じきにコップの水を飲み干して食事を終えた。

店を出て、尾崎たちは捜査に戻った。

北野康則について、さらに調べていく。先ほどの男性とはまた別に、北野を知っているという人物が現れた。

通称「アキト」という十九歳の少年で、半グレグループの一員として野見川組と関係があったらしい。今はグループを抜けて、建築会社で働いているそうだ。

「ああ、北野さんなら、何度か会ったことがあるよ」アキトは言った。「一緒に食事に行ったときも、卓球とかの話で盛り上がったんだ。けっこう話しやすい人でさ。俺なんかにも気をつかってくれた」

「北野さんはどういう人なのかな。何か聞かなかったかい」

アキトは記憶をたどる表情になった。

「目的があって闇社会に入ったって言ってたよ。苦労したけど、いろいろ覚えて勉強になったって。ヤバい仕事もどんどん引き受けていたらしい。さすがに殺しはやらなかったみたいだけどね」

「組でも評価されていたのかな」

「そのうち組員になるんじゃないかって噂もあった」

これは予想外の情報だった。北野のことを推測するのに役立ちそうだ。

アキトと別れてから、尾崎は広瀬に話しかけた。

「組で信頼されていた北野が、一年前に菊池さんのネタ元になった。気にならないか？」

「大いに気になるわね」広瀬は言った。「もしかして、北野という男は二重スパイだったのかしら」

「俺もそう思った。実は暴力団から、警察の動きを探るよう命令されていたんじゃないだろうか」

「その北野に会いに行った夜、菊池班長は殺害された……。北野の仕業だったという可能性は高いわよね」

そう思うのが普通だろう。尾崎は考えを巡らしてから、広瀬に言った。

「ちょっと強引な推測かもしれないが、もし北野が菊池さんをやったのだとしたら、手島と白根さんを殺害したのも北野じゃないだろうか」

「動機は？」

「暴力団幹部の命令だ」

「……そういう話になると、北野という男が殺し屋みたいになってしまうわね。さっきの聞き込みでは、北野は殺しはやらないということだったけど」

「まあ、そこはこれから調べないとな」

もちろん、しっかり裏を取る必要がある。推測するのは自由だが、根拠のないまま突っ走るわけにはいかない。

「とにかく、手がかりはつかめた。北野を捜さなくては」

「そうね。急がないと」

いずれ彼の写真を入手しなければならない。そのためには、ほかの捜査員たちの力を借りる必要がある。

今、北野はどこにいるのだろう。一刻も早く彼を見つけなければ、と尾崎は思った。その結果、彼が殺人犯だと判明するのか、それともまた別の情報が出てくるのか。顔のわからない北野の姿を想像しながら、尾崎は次の捜査について考え始めた。

5

聞き込みをする上で、対象者の顔写真はかなり重要だ。

だが現在、尾崎たちの手元に北野の写真はない。自分たちで見つけることもできていないし、ほかの捜査員たちもまだ入手できていないようだ。

誰かひとりが北野の写真を発見できれば、そのデータは全員に共有される。そうなれば捜査が大きく前進する。今こそチームで捜査することのメリットを享受したいところだが、事はそう簡単ではないようだった。

北野康則という男は何者なのか。情報としてはいろいろわかってきている。野見川組の組員たちに信用されるよう、組織の中でうまく立ち回っていたらしい。一方で、大勢の捜査員が調べているのにいまだ顔写真が出てこないということは、もしかしたら本人が写真を避けていたのではないだろうか。そうだとすれば、かなり慎重で疑い深い人物だと言える。

――殺しをやる人間なら、極力、自分の顔を隠すはずだ。

今、自分たちが追っている北野は、三つの殺人事件の犯人なのではないか。いよいよ捜査は大詰めなのでは、と思えてくる。

気がつくと、辺りは暗くなり始めていた。北野の名前が出てからまだ数時間しか経っていない。もっと調べを進めたかったが、日が暮れてしまってはそうもいかなかった。

尾崎と広瀬は、今日の捜査を終わりにして深川署に戻った。

捜査本部には普段と違う熱気があった。まだ犯人と決まったわけではないが、北野という具体的な名前が挙がったことで、捜査の目標が定まった。みなが同じほうを向いて仕事をしている、という実感がある。尾崎と同様、ほかの捜査員たちも今が一番大事なときだと感じているに違いない。

午後八時から捜査会議が開かれた。

片岡係長はホワイトボードのそばに立ち、資料のページをめくる。それから話しだした。

「夜の会議を始める。……地取り、鑑取り、証拠品捜査という分担はあるが、現在、北野康則について急ぎの捜査をしてもらっていると思う。この北野は重要参考人という扱いだ。あいにく顔写真が入手できていないので、やりにくい部分もあっただろうが、現時点での捜査報告を聞かせてほしい」

片岡から指名を受けて、捜査員たちは順番に報告を始めた。

鑑識によると、菊池班長の死亡推定時刻は本日午前二時から四時の間だということだった。

捜査一課に所属する刑事からは、こんな話が出た。

「野見川組の複数の人間から情報が得られました。北野康則というのは偽名のようです。組に出入りするために、北野という名前を使っていたとのこと。本名は不明です」

暴力団に出入りするのに偽名を使う、ということの意味を尾崎は考えてみた。

犯罪に荷担することになるだろうから、別の名を使ったということか。しかしそれは暴力団に対して、礼を失することにはならないのだろうか。組員たちと親しく接し、いろいろな仕事を引き受けていたのが北野という人物だ。それが偽名だと知られたら、俺たちに本名が言えないのかと、腹を立てる組員が出てきそうな気がする。

片岡はみなを見回して言った。

「北野という男が不審な動きをしていたのは事実だ。奴はもしかしたら、一年かけて菊池警部補の信頼を得たのかもしれない。そうであれば暴力団のスパイという可能性が出てくる。早急に北野から話を聞く必要がある」

北野を捜していた捜査員たちから報告が続いたが、収穫はなかったようだ。まだ捜査の時間が充分でないというのは、誰の目にも明らかだった。

「菊池警部補の周辺はどうだったのか。何か情報はあったか?」

片岡は担当の捜査員を指名した。

その刑事は、申し訳なさそうな顔をして立ち上がった。

「菊池班長の奥さんに会ってきましたが、情報を得るのは困難でして……」

「奥さんが取り乱していたのか?」

「いえ、しっかりした方で、急な不幸にもかかわらず感情を抑えていました。ですが、菊池班長が誰かに恨まれていた可能性はないか尋ねたところ、具体的にはわからないと……。警察官だから恨みを買うことは多かっただろう、いつかこういうときが来るんじゃないかと恐れていた、と話していました」

尾崎は菊池班長の妻に会ったことはない。だが警察官の妻であれば、誰でもそのように感じるのかもしれない、と思った。尾崎の母親も、息子が警察に入ることを歓迎してはいなかった。母を説得して警視庁に入ったわけだが、いまだに母は尾崎の身を心配しているようなのだ。刑事の家族というのはそういうものなのだろう。

「念のため、脅迫状が届いたりしなかったか奥さんに尋ねましたが……」担当の刑事は続けた。「少なくとも自分は気がつかなかった、ということでした」

「わかった。奥さんにはあとでまた話を聞いてくれ」片岡は担当者を座らせた。「……奥さんの言うように、菊池警部補が誰かの恨みを買っていたことは考えられる。過去、彼が関わった事件については予備班が洗い出しているところだ。もしかしたらその中に、手島や白根の名前が出てくるかもしれない。三人の被害者の繋がりが明らかになれば、犯人の動機も浮かんでくるだろう」

尾崎たちには焦りがあった。だが、これといった情報が出てこないのがもどかしい。

捜査員たちの報告をすべて聞き終えてから、片岡はひとり腕組みをした。そのましばらく思案する様子だったが、やがて彼は腕組みを解いた。

「現役の刑事が殺害されたことは、社会に大きな影響を与えるはずだ。世間が警察を見る目も変わってくるだろう。……しかしこういうときだからこそ、君たちには冷静になってもらいたいと思う。警察の威信をかけて頑張ってほしい、という気持ちはもちろん変わらない。だが熱くなりすぎるな。第二の菊池警部補を出さないためにも慎重に行動するように」

尾崎は菊池班のメンバーのほうに目を向けた。小田をはじめとして、菊池の指揮下にあった者たちはみな肩を落としていた。彼らの今後の行動には、特に注意を払わなくてはならないだろう。上司の敵討ちだとばかりに、無茶な捜査をしないとも限らない。

一時間半ほどで、片岡は捜査会議の終了を告げた。

会議のあと、少し気分転換がしたくなった。

部屋の後方にはいつものようにワゴンが用意されている。自由にインスタントコーヒーが飲めるのはありがたい。尾崎はコーヒーを淹れて、ひとり静かに味わった。スティックシュガーを一本入れたが、甘さが今ひとつだと感じる。疲れているのだろうか。もう一本入れて、ちょうどいい甘さになった。

「俺もコーヒーをもらおうかな」うしろから声が聞こえた。

この状況には既視感がある。一昨日の夜、コーヒーを飲んでいるとき、尾崎は同僚と立ち話をしたのだ。あのとき声をかけてきたのは小田だった。そこへ菊池班長が加わり、さらには捜一の片岡係長までやってきた。今回の捜査について言葉を交わしたことを覚えている。

ゆっくりとうしろを振り返ってみた。そこにいたのは小田でも菊池でも片岡でもない。もじゃもじゃした天然パーマの髪をいじっている中年の男性。同じ班の先輩、佐藤だった。

「どうした、妙な顔をして」

佐藤に問われて、尾崎は紙コップをワゴンの上に置いた。

「一昨日、こんなふうに話していたんですよね。菊池さんたちと」

「……ああ、そうだったのか」佐藤は低い声で唸った。「一昨日と今日とじゃ、まったく状況が変わってしまった。正直、俺もまいってるよ。菊池さんが狙われているなんて、思ってもみなかった」

「何か兆候はなかったんでしょうか」

「どうだろうな。部下の小田が、菊池さんの机を調べているみたいだぞ。課長から指示を受けたらしい」

「菊池さんのスマホは見つかっていないんですよね？」

「そう聞いている。見つかれば、きっと手がかりがつかめると思うんだが……」

犯人もそれを承知していたから、スマホを奪い去ったのだろう。今ごろ菊池のスマホは犯人によって細部まで調べられているのか。それともすでに破壊されてしまったのか。いずれにせよ、一度持ち去られたものが発見される可能性は低いと思われる。

「お疲れさまです」

もうひとり、同僚がやってきた。佐藤とコンビを組んでいる塩谷だ。彼は眼鏡の位置を直しながら、小さくため息をついた。

「警察官である以上、危険は承知しているつもりでした。でも、実際に仲間が事件に巻き込まれるのはきついですね。特に、知っている人だから、なおさらです」

「塩谷の言うとおりだ。俺たちは油断していたのかもしれない」佐藤が言った。「刑事課が動きだすのは、たいてい事件が起こってしまったあとだ。自分たちに危険が及ぶなんて考えたこともなかった」

「そうですね」尾崎はうなずく。「普段、被害者のことを調べているときも、自分たちとは関係ない出来事というような気がしていました」

「どんな顔をして奥さんに会えばいいんだろうな。辛いよ。辛い辛い……」

首を横に振りながら佐藤は言う。

そのまま、三人とも黙り込んでしまった。

こういう沈黙は今までに経験したことがなかった。やはり自分たちは今まで甘かったのだろう、と尾崎は思う。仕事で被害者の遺族から話を聞いても、どこか他人事《ひとごと》というような捉え方をしていなかっただろうか。身近な警察官が殺害されるという事件がなければ、ずっと気づかずにいたのではないか。

今、尾崎たちははっきりと理解している。この事件の犯人は、平気で警察官を殺害する人間だ。刑事を特別扱いしてはくれない、ということだ。

佐藤はコーヒーを、塩谷は緑茶を飲んだ。会話は途絶えたままだ。少し迷ったが、尾崎は二杯目のコーヒーを淹れた。窓の外に目を向け、暗闇の底に沈んだ木場公園に目を向ける。

「尾崎さん、ちょっといいですか」

そう言いながら、こちらにやってくる人物がいた。先ほど話題に出た菊池班の小田だ。

彼の顔つきはかなり険しい。捜査会議の最中もそうだったが、会議が終わっても、思い詰めたような表情を浮かべている。

「ああ、小田か。何かあったのか？」

何気ない調子で尾崎は問いかける。だが心中は穏やかでなかった。直属の上司を殺害され、犯人への怒りを募らせているであろう小田を、できるだけ刺激しないように、という思いがある。

「今、課長にも報告してきたんですが……」小田は言った。「会議のあと、菊池班長の所持品のチェックを再開したら、北野のことを書いたメモが見つかったんです」

「メモが？」

「北野とのつきあいは、これまでの情報どおり一年ほど前からだったようです。どうも、北野のほうから接触してきたらしいんですよ」

「やっぱり何か目的があったんだろうか」

「それでですね、そのメモと一緒に、北野と思われる人物の写真が出てきたんです」

「本当か！」

尾崎だけでなく、一緒にいた佐藤や塩谷も表情を引き締めた。

小田は一枚の写真を差し出した。尾崎は素早くそれを受け取る。佐藤と塩谷も横から覗き込んできた。

「たぶん、それが北野です」小田は言った。

尾崎はその写真をじっと見つめて、眉をひそめた。

——この男、どこかで見たような気がする……。

いったい、いつ会ったのだろう。いや、直接話をした記憶はないから、単に見かけただけなのかもしれない。自分はこの人物をどこで目撃したのか。

しばらく考えるうち、はっとした。そうだ。あのとき、あの場所で見た男ではないか。

尾崎は写真をもう一度見て、そのときの記憶をたどった。


午後十一時四十五分。尾崎はマンションの敷地内にいた。

ごみ収集箱の陰に隠れて、前方をじっと見つめている。この時刻、敷地内を歩く者はひとりもいない。たまに表の通りを車が走っていくが、このマンションに入ってくる車両は一台もなかった。

敷地内にはぽつりぽつりと街灯が灯《とも》っている。青白い光が辺りを照らしていたが、充分な明るさとは言えなかった。あちこちに暗がりがあるから、尾崎がこうして隠れていても容易にはわからないだろう。

前方三十メートルほどの場所に、地域の集会所が見える。その近くにひとりの人物の姿があった。広瀬だ。

彼女は今日も深川署を出て、夜の町を歩いてきた。尾崎はそれを尾行してここまでやってきた。広瀬の勝手な外出を咎めたのは昨夜のことだ。にもかかわらず、彼女はまたひとりで出かけていった。

広瀬のその行動は尾崎を戸惑わせると同時に、少し苛立たせるものだった。このような行動はもうしない、と約束してくれたのだと思っていた。尾崎はそれを信用していたのに、彼女は黙って外出した。いったい何を考えているのだろう。

広瀬は集会所のそばで、街灯の光を避けるように立っている。その場所に来てから、すでに三十分以上が経過していた。彼女はあちこちに目をやっている。誰かを待っていることは間違いない。

ひとつ呼吸をしてから尾崎は行動を開始した。静かに暗がりの外へと出ていく。昨夜もこんなふうだったな、という既視感があった。

一点だけ昨夜と違っていたのは、尾崎が街灯の明かりの下を堂々と歩いていったことだ。当然その姿は広瀬の目に入る。彼女は警戒する様子だったが、じきに尾崎だと気づいたようだ。

「尾崎くん。また、あとをつけてきたの？」

距離が近づくと、広瀬の表情がはっきり見えてきた。驚いたというより、呆《あき》れたというような顔をしている。尾崎は言った。

「もう、ひとりで出かけるのはやめたんだと思っていた」

「ああ、すみません、コンビニで買い物がしたかったものだから」

「まだそんなことを言うのか。君は協力者に会おうとしているんだろう? だが、君が来てからもう三十分以上経っている。たぶん彼は来ないと思うぞ。そろそろ潮時だと察して、身を隠したんだろう」

「どうしてそう言えるの?」

尾崎は咳払いをしたあと、彼女に言った。

「大事な話をしなければならない。……君は昨日と同じ男を待っているはずだ。その男は北野康則といって、野見川組の下働きをしていた人物だ。そして菊池班長が会おうとしていた人物でもある」

広瀬はまばたきをしてから、怪訝そうな表情を浮かべた。

「あの北野のこと? どうして私が北野なんかと……」

ごまかすつもりだろうか、と尾崎は考えた。だが、もちろんここで追及の手を緩めるつもりはない。

「北野の顔写真が見つかった。これを見てみろ」

尾崎は一枚の写真を差し出した。受け取って、広瀬は街灯の下へと移動する。

彼女の手元が明るくなった。

「昨晩の男だな? 服装もよく似ている」

「でも、これは……」

広瀬は首をかしげて、手元の写真をじっと見ている。しばらくそうしていたが、やがて眉をひそめた。わからない、と言いたげだった。

尾崎は彼女に向かって話を続けた。

「君が昨夜会っていたのは北野康則だ。彼は菊池班長とも会っていた。明らかに不審な行動だ。彼は一連の殺人事件に関与していた可能性がある。だとしたら、彼と会っていた君はいったい何を画策していたのか、という話になる」

「ちょっと待って。画策だなんて、私はそんな……」

普段冷静で落ち着きがある広瀬が、今、動揺しているのがわかった。まったく予想外の話を聞かされ、戸惑っているのだろう。

「もっと言えば、君が一連の事件に関与していたんじゃないか、という見方も出てくるだろう」

「あなたは私を疑っているの？」

尾崎はゆっくりと首を横に振った。

「俺がどう思うかは関係ないんだ。君に疑いがかかってもおかしくないということを、俺は指摘している。そうなった以上、君には事情を説明する義務があると思う」

眉をひそめ、険しい表情で彼女は尾崎を見ている。不本意だという気持ちが伝わってきた。自分のプライドを傷つけられたと感じているのかもしれない。

「曲がりなりにも、俺はこうして君とコンビを組んでいる。話してもらえないか」

敵意はないと伝えたつもりだった。とにかく事情を聞かせてもらわなければ、この先のことは何も決められない。

広瀬は軽くため息をついたあと、説明を始めた。

「私が一昨日、昨日と会っていたのは南原和男《なんばらかずお》という情報屋よ。一年ほど前、私がある事件を捜査していたとき、情報を知っている人物として名前が挙がったの。私は彼に接触し、重要な話を聞くことができた。南原が情報屋として優秀だというのを知って、私は仕事を持ちかけた。それ以来、彼は何度も情報提供してくれたし、ときには組織への潜入もしてくれたわ。南原は暴力団や半グレ、海外マフィアに詳しかったし、それ以外の調査も引き受けてくれた。前に話したけれど、私が個人的に調べている豊村さんのことも、彼に一部調査してもらっていたのよ」

「君にとって、便利な人間だったんだな」

「ええ。……そして今日からは三好事件、赤羽事件についての情報収集を頼んでいた」

「例の特急料金の男か」

「そう。彼は毎回、精度の高い情報を持ってきてくれた。だから信頼していたんだけど……」

「しかしその男は北野康則という別の名前も持っていた。北野に南原、方角としては正反対だが、どちらが本名だったんだろうな」

北に南だから非常にわかりやすい。一方が本名で他方は偽名なのではないか。いや、両方とも偽名だということも考えられる。

「彼が野見川組の関係者だとは聞いていなかったわ」

広瀬は不快感を表しながら言った。なるほど、と尾崎はうなずく。

「偽名を使っているくらいだから、組との関係は隠していたんだろう。……想像になるが、おそらく奴は君について調べていたんだと思う。自然な形で知り合えるよう、チャンスを待ってから行動した。つまり、一年前の捜査で君が彼と出会ったのも、偶然ではなかった可能性がある」

「私は自分の考えで捜査を進めて、彼と知り合ったのよ」

「もし、そう思われるように登場したのなら、たいした奴だよ。君が聞き込みに行く相手を予想して、先に情報を与え、最終的に君が自分のところへ来るよう誘導したんじゃないだろうか」

「考えすぎじゃないの？」

疑うような顔をして、広瀬は尾崎を見ている。自分のミスを認めたくないという気持ちは尾崎にもよくわかった。

「たしかに俺の想像でしかない。だが、その男はかなり頭の切れる人物だという気がする。奴はふたつの名前を使い分けて菊池班長と君に接近し、協力者になった。そうすることで、ふたりから捜査情報を得ることができた。何が目的かはわからないが、間違いなく計画的な行動だろう。ふたりの刑事が同時に手玉に取られていたとなれば、これは大変なことだ」

「私は、あの男に利用されていたってこと？」

まだ信じられないという表情で、広瀬は考え込んでいる。これまでの行動には自信があっただろうから、かなりショックを受けているに違いない。

「認めたくないわね」広瀬は言った。「私が一般の人間に騙《だま》されていたなんて……」

「いや、一般の人間ではないと思う。これだけ大胆なことをした人物だ。北野としては野見川組の手伝いもしていた。もともと裏社会と関わりのある人間なんだろう」

「そういう人間に、私は目をつけられたと……」

「おそらくな。しかし、もう用済みだと判断されたわけだ」

広瀬は黙り込んだ。街灯の明かりの下、彼女の顔は青白く見えた。それがまた、広瀬の美しさを際立たせている。

「南原を……北野を、私は放っておけない。こんなことをした報いを受けさせる。私はあの男を必ず見つけてみせます」

「個人的な恨みで、北野を捜すということか？」

「いえ、それは違う」広瀬は答えた。「目の前の捜査が最優先でしょう。でも北野は私と菊池班長から、同時に情報を得ていたと思われる。そうであれば、おそらく一連の事件と無関係ではないはずよ。どう？」

「ああ、可能性は高いと思っている」

「だったら話は簡単。私は事件の解決を目指します。その捜査の中で、北野も見つけてみせる。もしかしたら北野が犯人かもしれないんだから」

たしかにな、と尾崎は思った。

その北野という男が犯人かどうかはまだわからない。しかし一連の事件に関わっていることは充分考えられる。北野を捕らえれば、事件解決の糸口が見つかるのではないだろうか。

「君が使える手駒はなくなった。こうなった以上、君は俺としっかり協力するしかないんじゃないか？」

「私はもともとそのつもりだったけど」

「建て前じゃなく、本音の話だ。もう隠し事はするな。勝手な行動もとらないでくれ」

広瀬は尾崎を正面から見つめた。もしかしたら、まだ何か不満があるのかもしれない。だが彼女は、疑問も意見も口にしなかった。

「わかりました」しばらくして広瀬は言った。「あなたの言うとおりにします。尾崎くん」

「そうしてくれ」と尾崎は答えた。

大胆にも捜査員ふたりに接触していた北野康則。刑事たちから得たさまざまな情報を、奴はどこかに流していたのだろうか。それとも、自分の犯行計画を進めるために情報を役立てていたのか。

尾崎は空を見上げた。雲がかなり出ていて、月も星もまったく見えない。

この夜空の下、どこかの町に犯人はいるはずだ。今は手探りの状態でも、いずれ必ず奴にたどり着くことができる。そう信じて捜査を続けるしかなかった。

第四章　閉ざされた扉

1

四月十八日、午前七時二十五分。

コンビニのサンドイッチを食べたあと、尾崎は深川署の講堂に入っていった。

捜査本部の席はもう七割ほど埋まっている。若い刑事たちは早くから自分の仕事を始めていた。彼らには焦りがあるのだろう。もちろん尾崎の心にも強い焦燥感がある。

捜査本部設置から四日目。まだこれといった成果も挙げられない中で、三人もの被害者が出ていた。今回の事件の犯人は、超人的なバイタリティで犯行を重ねている。綿密な計画と、それを確実に遂行する行動力。かつて手がけてきた事件で、これほどスピードの速い犯行は見たことがない。

犯人は警察の動きを意識しているはずだ。深川署に捜査本部が設置されていることは当然知っているだろう。多くの一般市民に紛れて、奴は尾崎たちを観察しているのかもしれない。

いつもの席に近づいていくと、すでに広瀬が出てきていた。

彼女を見て、おや、と尾崎は思った。普段、冷静というか飄々《ひょうひょう》というか、独特の雰囲気をまとっている彼女が、今日は真剣な目で資料を調べている。朝からトップスピードで仕事をしているように感じられた。

「おはよう。ずいぶん熱心だな」

尾崎がそう声をかけると、広瀬は資料から顔を上げた。

「ああ、おはよう」彼女は眉間に皺を寄せて言った。「昨夜のことがあったから、気合いを入れなければと思って……」

「君の協力者だと思っていた南原が北野だとわかって、ショックだったと……」

「そうね。あのあと、片岡係長や加治山班長に報告して、注意も受けたし」

尾崎は椅子に腰掛けた。少し考えてから、広瀬にまた質問をした。

「君は南原を──いや、北野と呼ばせてもらうが、彼をどう思っていたんだ？　もちろん彼を信用していたんだろうが、いくつか仕事を頼む上で、気になったことはなかったのか」

「気になったこと？」

「たとえば、君に嘘をついている気配はなかったか。何か不審な行動をとらなかったか。ときどき焦っているような態度をとったりしなかったか……」

広瀬は首をかしげて記憶をたどる様子だ。ややあって、彼女は答えた。

「いえ、特に……」

「北野が調べた情報が間違っていたことはなかったのか？　ガセネタをつかまされたとか、そういうことだが」

「それはなかったのよ。丁寧によく調べてくれていた。だから騙されてしまった」

大きく表情を変えることはなかったが、広瀬の顔には緊張の色がある。頬がぴくりと動いた。彼女が悔しがっていることは明らかだった。

広瀬はしばらく捜査資料を見ていたが、やがて顔を上げた。

「そうだ。尾崎くんに話したいことがあるの」

「……何か見つかったのか？」

「見つかってはいないんだけど、ちょっと思いついたことがあってね。資料によると、第一の事件があった廃アパートでは犯行の一週間前、土地の測量が行われていたというの。アパートの敷地で何人かが作業をしていたそうよ。また、第三の事件現場の元大衆食堂は、犯行の十日後には解体工事の準備が始まる予定だったみたい」

「それは見落としていたな……」

「つまり、どちらも人の出入りがあるわけだから、犯人が下準備をする上でかなりのリスクがある。それでもあえてそこを選んだとすると、犯人は場所にこだわりを持っていた可能性があるわ。殺害方法にも意味があるだろうけど、もしかしたら場所にも意味があるんじゃないかしら」

「なかなか面白い発想だ」

三つの事件現場について、もう少し調べてみるのはどうだろう、と尾崎は考えた。

三好の廃アパート、赤羽の廃倉庫、大森の廃店舗。それらについて、あらためて情報を集めることにした。聞き込みは地取り班が丁寧に行っている。今、尾崎たちが調べるとしたら、事件分析の観点からだろう。

尾崎は警察のデータベースで、殺人事件などの情報を検索してみた。過去、その三つの場所で何か事件が起こっていなかっただろうか。犯人はその事件に恨みがあって、今回猟奇的な犯行を繰り返しているのではないか。

だが、しばらく調査を続けてみても、これといった情報は出てこなかった。

「勘違いだったのかしら」渋い表情で広瀬は言った。「やはり場所は無関係なのかな」

「何かありそうな気はするんだが……」

尾崎は腕組みをしてから、低い声を出して唸った。

朝の会議が終わると、刑事たちは次々と捜査に出かけていった。

尾崎と広瀬も深川署を出た。いくつか気になることはあるが、今は北野康則を見つけ出すのが先決だ。広瀬は彼と何度も会っているから、関係のありそうな場所で聞き込みをすれば何かわかるかもしれない。期待を込めて、情報収集を開始した。

しばらく空振りが続いたが、一時間ほど経ったころ高田馬場で当たりが出た。

「ああ、この写真の人、東川《ひがしかわ》さんですよね？」

新陽エージェンシーの近くにあるカフェバーで、マスターがそう言ったのだ。

「東川と名乗っていたんですね？」

「そうですけど。……違う人ですかね？」

「いえ、その人だと思います」尾崎はうなずいた。「東川さんについて何かご存じですか？　知り合いのこととか、住んでいる場所とか……」

「たしか、東中野《ひがしなかの》のアパートに住んでいるって言ってましたよ」

「本当ですか？」

「私、東中野に親戚がいるものだから、どのへんに住んでるんですかって東川さんに尋ねて……。ああ、そこなら知っています、なんて地元の話で盛り上がってね」

しめた、と尾崎は思った。勢い込んで相手に尋ねる。

「そのアパートの場所を教えていただけますか」

「建っている場所はわかるんですが、何丁目の何番というのは調べてみないと……」

マスターはスマホで地図アプリを起動させた。東川との会話を思い出しながら、地図をスクロールしていく。ああ、ここです、と彼は言った。

場所を教わって、尾崎たちはマスターに礼を述べた。カフェバーを出る。

タクシーを飛ばして十数分、東中野のアパートに到着した。築三十年ほどだろうか、二階建てのこぢんまりした建物だ。一階と二階、合わせて六戸あるようだった。共用廊下を歩いて、順番に表札をチェックしていく。すべての部屋を確認したが、東川はもちろん、北野も南原も見当たらない。ひとつ気になったのは、二階の一番奥の部屋が空いていることだった。

隣の部屋のチャイムを鳴らしてみる。はあい、とインターホンから返事があったので、警察だと伝えた。

「えっ、警察の人？」

インターホンが切れて、すぐにドアが開いた。顔を出したのは四十代と思える女性だ。ふっくらした体形で、茶色いセーターにエプロンという恰好だった。

「何かありましたか？」怪訝そうな顔をして、彼女は尋ねてきた。

「このアパートに東川さんという人はいませんでしたか。いや、もしかしたら別の名前かもしれませんが……。この人です」

尾崎はポケットから顔写真を取り出す。住人の女性はそれをひとめ見て、はいはい、とうなずいた。

「東川さんね。お隣に住んでいたけど、半月ぐらい前に引っ越しましたよ」

隣の空き部屋をちらりと見たあと、尾崎は再び尋ねた。

「どこへ越していったかわかりませんか？」

「いえ、そこまでは……。それほど親しくもなかったし」

「東川さんは、ここにどれくらい住んでいたんでしょう？」

「そうね……。二年ぐらい、いたのかな」

「その間、何か問題はありませんでしたか。気になったこととか、トラブルとか」

「それはなかったと思いますよ。あの人、夜遅くに帰ってくることが多かったようですけど、静かに生活していたし」

「誰か知り合いが訪ねてきたことは？」

「それもなかったですね」

半月前に転居して、奴はどこに行ったのだろう。そもそも、転居した理由は何だったのか。もしかしたら犯行の準備をするため、ここを引き払ったということだろうか。

――まさか、身辺整理をして犯行に臨んだのか？

だとしたら厄介な話だった。普通の生活に戻るつもりがない者、つまり逃げおおせるつもりがない者は、自暴自棄な行動に出るおそれがあるからだ。

協力してくれたことに謝意を示して、尾崎と広瀬は一階に下りた。

アパートの門のそばに、不動産会社の連絡先が書かれている。尾崎たちはそこへ電話をかけたあと、最寄りの店を訪ねてみた。東川が提出した身分証明書のコピーを見せてもらったところ、どうやら偽造されたものらしいとわかった。東川に連絡をとろうとしたが、届出のあった携帯番号にかけても通じない。もちろん、アパートを出たあとの転居先もわからない。

正直なところ、落胆が大きかった。

ようやく北野の手がかりがつかめると思ったのに、今回もまた成果なしだった。一連の事件ではなかなか核心に迫ることができない。決定的な手がかりにたどり着けないことが、本当にもどかしい。

「次はどうする?」

広瀬の声にも少し疲れが感じられた。尾崎と同じで、体の疲労というより失望が大きいのだろう。

気持ちを切り換えようと、尾崎は酒販店の脇にある自販機コーナーに向かった。広瀬もあとからついてくる。何か奢ってやろうかと彼女に話しかけたとき、ポケットの中でスマホが鳴りだした。

液晶画面を確認すると、相手は鑑識の藪内だ。

「尾崎です。藪ちゃん、お疲れさま」

「ああ、繋がってよかった。尾崎さん、手島恭介の古いスマホのこと、覚えていますか？」

尾崎は記憶をたどった。たしか第一の事件のあと、手島の家で見つかったものだ。

「今は使われていない、かなり古いスマホだったよな」

「本部鑑識が調べていたんですが、戻ってきました。さっき私のほうで内部のデータをチェックしていたら、ちょっと気になる写真が見つかりまして……」

「気になる写真？」

「風景写真です。ぜひ尾崎さんにも見てもらいたいんですが」

「……ヒントになりそうなのか？」

「場合によっては、そうかもしれません」

「わかった。すぐ戻る」

電話を切って、尾崎は広瀬のほうを向いた。彼女にも、だいたいのことは聞こえていたようだ。

「深川署に戻るのね？　タクシーにする？」

「そうだな。できるだけ急ぎたい」

「ちょっと待ってて」

そう言って、広瀬は大通りのほうへ走りだす。ちょうど走ってきたタクシーに向かって、彼女は大きく手を挙げた。

2

エレベーターに乗り込み、尾崎は目的のフロアのボタンを押した。

ここ数日、出入りしているのは捜査本部が設置されている講堂だが、今の行き先は別フロアだった。ドアが開くと同時に、尾崎と広瀬はエレベーターを降りる。急ぎ足で廊下を進んで、目的地に到着した。

そこは深川署・鑑識係の部屋だった。

室内を見回すと、奥の打ち合わせスペースに藪内がいた。彼はこちらに気づいて右手を上げた。尾崎たちは彼に近づいていく。

「ずいぶん早いですね」藪内は驚いたという顔をしていた。「移動にもっと時間がかかるかと思っていました」

「せっかく藪ちゃんが連絡をくれたんだ。待たせちゃ悪いだろう」

尾崎たちは打ち合わせ用の席に着いた。テーブルの上には何種類かの資料とノートパソコン、そして一台のスマートフォンがある。形状から、少し古いものだとわかった。

「これです。手島恭介の部屋で見つかりました」

藪内はスマホを差し出した。彼が白手袋をしているのを見て、尾崎と広瀬も両手に手袋を嵌める。

スマホを受け取り、尾崎はタッチペンで操作してみた。

「今、通話はできないんだよな？」

「そうです。機種変更をしたあと、自宅に残してあったスマホですからね。中にデータが残っているだけなんですよ」

「写真があるということだったが……」

「ええ。ちょっと見てもらえますか？」

藪内に促され、尾崎は写真アプリを開いた。過去に撮影された画像データがずらりと表示される。

ポートレートは一枚もない。そこに残っているのはどれも町並みの写真だった。町歩きをしながら一軒一軒、建物を撮影したもののようだ。それが大量にある。

「なんだか住宅調査の記録みたいな写真だな。しかしこれ自体は、特に不審とは思えないが……」尾崎は首をかしげた。「藪ちゃんが言う『気になる写真』というのはどれだ？」

「もう少し遡ってください。……あ、それです。その建物」

藪内が指差した写真を拡大してみた。画面いっぱいに映し出されたその建物を見て、尾崎は眉をひそめる。

左側に駐車場、右側には美容院。その間に挟まれた青い屋根の二階家。《めし　酒　大衆食堂　こじま屋》という看板が掲げられている。

「昨日の事件現場じゃないか！」

そうなんですよ、と藪内は言った。

「よく見てください。写真ではこの店、営業しているんです」

彼の言うとおりだった。ガラス戸を開けて店に入ろうとする男性が写っている。作業着姿だから、近くで工事などの仕事をしていた人物だろう。

「撮影日時は……」尾崎は画像の情報を確認した。「五年前の一月十三日、十二時七分か。五年前といえば錦糸町事件のあった年だよな」

尾崎は広瀬のほうを向く。彼女は額に右手の指を当てながら答えた。

「錦糸町事件は五年前の三月六日、二十三時三分ごろ発生しました。この写真は、事件の五十二日前に撮影されたものですね」

藪内は驚いた顔で広瀬を見たが、すぐに別の写真を指差した。

「この一月十三日、手島は午前九時ごろから午後五時ごろまで、大田区大森南を歩き回っているんです。行く先々で建物の写真を撮っています。その途中でこの大衆食堂を撮影したようですね」

尾崎はタッチペンの操作で写真を先へ送り、手島の歩いた経路を確認していった。手島は大衆食堂の前を通過し、道の両側に並ぶ家々を一枚ずつ撮影している。食堂の三軒隣にかなり古い民家があった。門の横に《賃貸物件》という看板が出ている。手島はそこで足を止めたらしく、その民家の写真を十数枚撮っていた。

「この家だけ、ずいぶん念入りに撮影しているな」

「ええ。それもちょっと気になりますよね。まるで何かを調べているみたいでしょう?」

「大衆食堂の写真は、通りすがりに一枚撮ったという感じだよな。ほかの家もそうで、一軒につき一枚ずつだ。ということは、この賃貸物件が手島の目的だったのか?」

「俺もそう思いました。食堂のほうはたまたま歩きながら撮っただけ、みたいな……」

こうなると、ほかの写真も見ていく必要があるだろう。

尾崎は画像データを一枚ずつ調べていった。

撮影の日付が変わって、一月十六日になった。手島はまた町並みを撮影しつつ歩いたようだ。これはどこだろう。前回と同じ大森南だろうか、それとも別の町か。そう考えているうち、突然、広瀬が声を上げた。

「その建物、見たことがあるわ」

えっ、と言って藪内が彼女のほうを向く。

尾崎はスマホの画面をじっと見たが、どこなのかはわからなかった。正面にシャッターが下りた、比較的きれいな二階家が写っている。その家は入念に十枚ほど撮影されていた。シャッターには《貸店舗》というパネルが貼り出されているのが見える。

「知っているのか、この建物を」

尾崎が尋ねると、広瀬は深くうなずいた。

「管内の地理を把握しようとして、歩き回ったことがあるの。尾崎くん、これは深川署の管内、三好にある建物よ。第一の事件現場のすぐ近くだったはず。今は雑貨店になっていると思う」

「第一の事件現場の近く？」尾崎はまばたきをした。「手島はそんな場所にも行っていたのか」

写真をスライドさせていくと、歩きながら撮影した民家やアパート、雑居ビルなどが次々に現れた。そのうち、あ、と尾崎は思った。事件現場となった三好のアパートが写っていたのだ。しかし五年前だから、まだ廃屋とはなっていないようだった。

「君の言うとおりだ。たしかに三好が撮影されているな」

広瀬は自分のスマホを取り出し、地図アプリを起動させた。

「地図で確認すると、この貸店舗だった建物から第一の事件現場である廃アパートまでは、ほんの四十メートルほどよ。かなり近い場所だと言えるわ」

尾崎は腕組みをして考え込んだ。

第一、第三の事件現場辺りの写真が出てきたのだ。ということは、第二の事件現場付近の写真も見つかるのではないか。そう思ってさらに画像を調べていった。一月十八日に多数撮影されているのは、《風間《かざま》冷機》という看板のある店だ。シャッターが下りていて、すでに廃業しているように見える。

次の写真は一月二十四日に撮影されていたが、やはり一軒につき一枚ずつが基本となっているようだ。しかし、ひとつ気になる点が見つかった。

車庫付きの廃屋らしいものが写っている。その建物だけは全部で十数枚撮影されていた。よく見ると、《売物件》の看板が出ている。手島はそこから先、また家々を撮っていったようだ。やがて第二の事件現場となった赤羽の倉庫が現れた。五年前の時点では廃倉庫ではなく、営業している立派な倉庫だ。これは一枚しかなく、撮影者が特に注目しているという感じはない。

「何か法則性がありそうな気がするな」

尾崎はつぶやく。その横で、広瀬が顔をしかめていた。

「複雑で、よくわからなくなってきたわね」

「ちょっとまとめてみようか」

尾崎はＡ４のコピー用紙を取り出した。少し考えてから、項目をメモしていった。

◆1月13日……①大森事件の現場・大衆食堂の写真
②大衆食堂近くの「賃貸物件」の写真（多数撮影）
◆1月16日……③「貸店舗」の写真（多数撮影）
④三好事件の現場・アパートの写真
◆1月18日……⑤「風間冷機」の写真（多数撮影　廃業？　場所不明）
◆1月24日……⑥「売物件」の写真（多数撮影）
⑦赤羽事件の現場・倉庫の写真

広瀬はうなずきながらメモを見ている。彼女にも状況の整理ができたらしい。

メモの一部を指差しながら、尾崎は言った。

「②と③と⑤と⑥の写真は多いから、手島の目的はこれらを撮影することだったと考えられる。しかし現在、一連の事件現場となっているのは①と④と⑦だ。どうしてこうなったかという疑問が生じるわけだが……」

「事件で廃屋が使われた理由は、想像がつきますよね」藪内が言った。「死体遺棄をするには、廃屋のほうが便利だからでしょう」

「藪ちゃんの言うとおりだ」尾崎はうなずいた。「①④⑦の近くにある②③⑥が、現在どうなっているかというと……全部はわからないが、少なくとも③、すなわち三好で貸店舗の看板があった建物は、現在、空き家ではなくなっている。ほかの②や⑥も、今はもう賃貸物件や売物件ではなくなってしまったんじゃないだろうか」

「つまり、こういうことですね」藪内は真剣な顔で尾崎を見た。「手島は何らかの理由で空き家などを探していた。②③⑥が見つかったので、それらの写真をたくさん撮ったと。……あ、⑤もそうなのかな」

「そして今年になって、何者かがそれらの空き家を使おうとしたんだろう。ところが現在②③⑥は空き家ではなくなっていた。それで②③⑥の近くにあった空き家や廃屋を新たに探し、①④⑦を死体遺棄の現場に選んだ……」

ちょっといいかしら、と広瀬が言った。

「そもそも、なぜ犯人は②③⑥で死体遺棄をしたかったのかしら」

「こだわりがあったんだろうな。忘れられない場所だったとか、誰かとの約束があったとか」

思いつきで口にしたことだったが、誰かとの約束というのは、少し考えてみる価値がありそうな気がした。

「犯人は恨みを持って犯行を繰り返しているはずですよね」藪内が尋ねてきた。「そして、奴は相当頭の切れる人間です。すべてを計画的に進めてきている。そこが弱点になるかもしれません」

「どういうことだ?」

「綿密な計画を立てる人間は、突発的なトラブルに弱いってことです」

たしかに、そういう部分はあるかもしれない。犯人を追い詰めることができれば、そこで相手を動揺させ、警察が優位に立つ手段もあるのではないか。そう思えてきた。

「ひとつ気になるんだけれど……」

神妙な顔をして広瀬が言った。何だ、と尾崎は彼女に尋ねる。

「犯人がこれらの写真を意識して、今回の事件現場を決めたと仮定しましょうか。そうすると、このメモに書かれている五つ目の家——⑤の風間冷機の近くでも、事件を起こそうとするんじゃないかしら。正確には、風間冷機の近くにある廃屋などね」

ぎくりとして尾崎は広瀬の顔を見つめた。彼女の言ったことは、何か不吉な予言のように感じられる。決して起こってほしくないことだが、これまでの流れを考えると、あり得ない話ではなさそうだ。

「第四の事件が起こるということか?」

「私はそう思う。尾崎くんはどう?」

「俺は……」

言いかけて、尾崎は言葉を呑み込んでしまった。腕組みをして唸る。

嫌な予感がするのは事実だった。

「その風間冷機という会社がどこにあるか、わかるか？」

尾崎が尋ねると、藪内はパソコンを操作し始めた。ネット検索をしているようだ。うしろから尾崎と広瀬はパソコンの画面を覗き込む。藪内は難しい顔をしてキーボードを叩き、タッチパッドに指を走らせている。

五分ほどのち、藪内はこちらを振り返った。何かを見つけたという表情だ。

「尾崎さん、わかりましたよ。風間冷機というのは業務用冷凍庫、冷蔵庫などを販売する会社です。いくつか店舗がありますが、隣に写っている文具店がヒントになりました。写真の風間冷機はもうありませんが、文具店は今も営業中です。場所は江戸川《えどがわ》区平井です」

「もし犯人が第四の事件を起こすなら、平井のどこかということかな」

「おそらくね。その地域に廃屋があったら、怪しいですよ」

わかった、と答えて、尾崎はポケットからスマホを取り出した。通話履歴から班長の番号を選んで架電する。しばらく呼び出し音が続いたあと、五コール目で相手が出た。

「はい、加治山……」

「お疲れさまです、尾崎です。今どちらですか？」

「捜査本部にいる。片岡さんと話していたところだ」

「ちょうどよかった。俺は下のフロアの鑑識係にいるんですが、今から報告に行ってもいいですか。犯人は第四の犯行を計画しているかもしれません」

加治山は息を呑んだようだ。緊張した声で彼は尋ねてきた。

「……何か、つかんだのか」

「まだはっきりしていません。ですが、犯人のこだわりというか、行動のベースになっているものが見えた気がします」

「わかった。片岡さんにも聞いてもらおう」

「すぐに行きます」

電話を切って、尾崎は広瀬のほうに目を向けた。彼女は表情を引き締めて、こくりとうなずく。事情は察したという様子だ。

薮内に礼を言ってから廊下に出る。尾崎と広瀬はエレベーターホールへと急いだ。

3

コンビニエンスストアのそばでタクシーを停めてもらった。

料金を払い、レシートをもらって広瀬が先に降りる。続いて尾崎も車の外に出た。江戸川区平井にある住宅街の一画だ。手元の地図を見ながら、尾崎と広瀬は路地に入っていった。

四十分ほど前まで、尾崎たちは捜査本部で打ち合わせをしていた。過去の写真の分析から、犯人は第四の犯行を計画しているのではないかと思われる。その現場は平井にあるのではないか。今すぐ不審な廃屋を探して、犯人を見つけるべきではないか――。

尾崎たちの報告と進言により、捜査一課・片岡係長は上司と相談し、捜索を行うことを決断した。地図上で平井をいくつかの地区に分け、至急、刑事たちに捜索活動を実施させる。廃墟、廃屋を見つけた場合は、可能なら内部に異状がないか調べる。もし不審者と遭遇した場合は、すみやかに身柄を確保する。その人物が一連の事件の犯人かもしれないからだ。

平井で何かが起こっているという確証はない。しかし、これが犯人を逮捕できるチャンスだというのは、幹部たちもよく理解してくれていた。だからこそ、急遽《きゅうきょ》この捜索活動が開始されたのだ。

ただ、現在すでに刑事たちは自分のスケジュールに従って、聞き込みなどを行っている最中だ。遠方にいる者を呼び戻すのは難しいから、取り急ぎ平井に行ける人数は十名ほどだということだった。

やがて捜索の担当地区が決まり、活動開始となった。深川署で用意できる警察車両は限られているため、それらは捜査一課に譲って、尾崎と広瀬はタクシーで移動したというわけだ。

「風間冷機は、あの隣にあったはずだ」

尾崎は前方を指差した。写真に写っていたものと同じ文具店がある。五年前はその隣に冷凍庫、冷蔵庫の販売店があったはずだが、現在は駐車場になっていた。

「もし犯人が風間冷機にこだわっているのなら、今回その近くにある廃屋に目をつけた可能性がある。そういうことだな？」

「ええ、そこを犯行現場にしたんじゃないかと思う」

「近くに不審な建物がないか、順番に見ていこう」

尾崎はあらためて地図を見た。自分たちの捜索エリアはここから西のほうの区画だ。路地を一本ずつ調べていくべきだろう。

大森事件のときは犯人が送ってきたメールに基づいて捜索したが、今回は違う。警察が調べた情報に従って、事件現場を探すのだ。犯人は警察が平井に来ていることをまだ知らない。だとすれば、油断している犯人を逮捕することもできるのではないか。

今まで奴はさんざん警察を振り回してきた。右往左往する刑事たちをどこかから見て、あざ笑っていたのではないだろうか。だが今、尾崎たちは初めて犯人を出し抜くことができるかもしれない。そのためには迅速に、そして慎重に行動する必要がある。

路地を歩きながら、尾崎と広瀬は周囲に目を配った。道の両側に並ぶのはアパートや個人の住宅だ。古い木造の家もあれば、最近出来たらしい三階建てもある。どの家にも庭があって、水を撒《ま》くためのホースや園芸用品が置かれていた。中には、バーベキューができそうなテーブルセットが置かれた家もある。

落ち着いた日常が感じられる光景だった。だがその日常の中に、忌むべき非日常が紛れている可能性がある。人々の暮らしのすぐそばで、猟奇的な犯罪が行われているかもしれないのだ。その犯行は誰にも知られないよう、静かに、密《ひそ》やかに進められているのではないか。

一軒、古びた民家が見つかった。小さな看板が出ていて、どうやら個人でピアノ教室をやっていたらしい。だが庭は荒れ放題で、廃屋であることは明らかだった。

尾崎は塀の外から建物を観察した。よく見ると玄関の蝶番《ちょうつがい》が壊れているようだ。ドアが枠からずれて、外れそうになっている。自然に壊れたものとは思えなかった。誰かが破壊して、中に侵入したのではないだろうか。

広瀬に目配せをしたあと、尾崎は両手に手袋を嵌めた。彼女もそれにならう。

門扉を開けて敷地に入った。上の蝶番は壊れていたが、下のひとつでなんとかドアは外れずにいるようだ。そっと近づき、ノブをつかんでみる。ぐらぐらするドアは、ぎぎぎと嫌な音を立てて開いた。

屋内を覗き込むと、薄暗い廊下が奥へと続いていた。カビと埃のにおいがする。思ったとおり、誰も住んではいないようだ。

「こんにちは」尾崎は建物の中へ声をかけた。「警察です。ドアが壊れていますが、大丈夫ですか？」

じっと耳を澄ましてみたが、返事はない。

「すみませんが、中を確認させてください」

返事がないのを承知で尾崎は言った。それから、屋内に入ることにした。かなり汚れているから、土足のまま上がらせてもらう。

廊下には埃と砂が積もっていて、歩くとじゃりじゃりした感触が靴の裏から伝わってきた。たまに、みしみしと床板が鳴る。廊下に面したいくつかの部屋から、わずかな明かりが漏れていた。

部屋を覗くと、窓から陽光が射しているのがわかった。玄関のすぐ隣にあるのは和室だ。家具は箪笥ひとつで、ほかには新聞紙が落ちているだけだった。

その隣も畳敷きの部屋で、ここには座卓があった。しかし人の姿はやはりない。

廊下の突き当たりにガラスの引き戸があった。構造から考えて、この向こうは台所だろう。尾崎は引き戸に手をかけ、ゆっくりと開けた。

予想は当たっていた。流しやガス台が設置された台所だ。部屋の中央にテーブルがある。その上を見て、尾崎は眉をひそめた。黒いスプレーか何かで大きく《×》というマークが書いてあったのだ。

これはいったい何だろう。尾崎は広瀬と顔を見合わせる。彼女も首をかしげていた。一階、二階のすべての部屋を確認したが、特に異状はなかった。ここは、犯人が利用した家ではないようだ。

「この《×》マーク……」広瀬がつぶやいた。「ここは駄目だという印かしら」

「駄目というのは？」

「使えない、という意味。事件を起こす現場には適さない、ということね。仲間に知らせようとしたのか、あるいは犯人がただ、ヤケになって書いたのかもしれないけれど」

そう言われると、そういうふうにも見える。せっかく探した廃屋だが、ドアが壊れてしまったし、諦めるしかないという気持ちで印を書き殴ったのかもしれない。

廃屋から出て、外れかけたドアを元どおり閉める。

再び尾崎たちは住宅街を歩きだした。

「そうだ、思い出したよ」尾崎は広瀬に話しかけた。「捜査の二日目に、飛田という男性に会っただろう。たしか、浅草橋のカフェで話を聞いたんだが……」

「もちろん覚えているわ。手島と同じクマダ運輸の配送を請け負っていた人物ね。今はビル清掃の仕事をしているとか」

「彼が話していたじゃないか。手島は兄貴分の郷田に頼まれて、町を見て回っていたって」

「ええ、そうだった」広瀬は右手の指を額に押し当てた。「『大事な計画があるんで、その下調べだとか言ってね』と話していたわ。『まあ、詳しいことは教えてくれなかったんですが』とも」

相変わらず並み外れた記憶力だ、と尾崎は感心する。

「俺の考えはこうだ。五年前、手島は郷田に命令されて、都内の空き家や廃屋を探していた。一軒一軒写真を撮り、これは使えそうだという場所を見つけると、さらに入念に撮影した。大森の賃貸物件、三好の貸店舗、赤羽の売物件などだ。郷田が何のために空き家や廃屋を探させたのかはわからないが、犯罪がらみなのは間違いないだろう」

「ところが今、それらの建物はもう空き家ではない。だからその近くで事件が起こっているわけね。かつて手島が集めた情報を参考にした、という感じかしら」

「できることなら、多数撮影されていた空き家で事件を起こしたかったんじゃないかな。それができないから、近くで廃屋を探したんだと思う」

犯人は強い執念をもって事件現場を選び出したわけだ。そうすることで何者かに意趣返しができるのだろうか。あるいは、誰かに何かを伝えることができるのか。詳しいことは不明だが、わかる人間にはわかるメッセージなのかもしれない。

角を曲がって次の道を調べ始めた。

百メートルほど進んだところで、尾崎は前方を指差した。広瀬もその建物に気づいたようだ。

「これは廃屋というか……空き店舗だな」

尾崎が見つけたのはスーパーマーケットの建物だった。規模としてはコンビニエンスストア四軒分ぐらいだろうか。掲示板に特売のポスターやチラシが貼ってある。精肉、鮮魚、青果をはじめとして、一通りの商品は揃っていたようだ。

だが今、その店は営業していなかった。以前はさまざまな商品が載っていたであろう店頭のワゴンも、すっかり空になっている。敷地の一角には段ボール箱やビールケース、商品の運搬に使うパレットなどが放置されていた。

白手袋を嵌めて、尾崎たちは正面の出入り口に向かった。

窓ガラスに《閉店のお知らせ》という貼り紙があった。営業終了となったのは、二週間ほど前らしい。

貼り紙の横からそっと中を覗いてみた。思ったとおり内部に明かりは点いていないが、窓から射し込む陽光のおかげで真っ暗ではないようだ。

「……尾崎くん」

尾崎は声のしたほうに目をやった。

広瀬は正面出入り口のそばにいた。営業していたころは自然に開いていたはずの自動ドアだが、今は人が近づいても反応しない。電気が来ていないから当然だと尾崎が思っていると、広瀬はドアの隙間に指をかけ、両手に力を込めた。ゆっくりとドアが左右に動いていく。

「開くのか、それ」

「ガラスに手の跡が付いていたのよ。誰かが侵入したんだと思う」

彼女は唸りながらドアを動かしていった。じきに、人ひとり通れるぐらいの隙間ができた。ふう、と広瀬は息をつく。

「どうする?」

「もちろん店の中を調べる」

「わかった。行きましょう。油断しないでよ」

「広瀬もな」

そう言ってから、尾崎はあらためて中を覗き込んだ。しんとした店の奥に向かって声をかける。

「こんにちは、警察です。誰かが侵入した可能性があります。安全確認をさせていただきます」

しばらく反応を待った。だが、中はしんとしていて返事はない。

広瀬に目配せをしてから、尾崎はドアの隙間を抜けて店内に入った。

薄暗い場所だが、目が慣れると辺りの様子がわかってきた。食品類を並べる陳列棚は、営業していたころのままらしく、きれいに残っていた。ただ、かつてぎっしり収められていたはずの商品は撤去されていて、棚はすべて空だ。

以前レジが並んでいたと思われる場所を、尾崎たちはゆっくり進んでいった。正面出入り口に対して平行に造られている、横方向の通路だ。ここを歩きながら、縦方向に長い売り場通路をひとつずつ覗き込んでいった。一番奥の開けた場所までは十五メートルほどある。すっかり見通せるから、何か異状があればすぐわかるはずだ。

四本目の売り場通路を見て、尾崎は足を止めた。

床に濃い赤茶色の染みがある。思わず眉をひそめた。あまり明るくはないため、はっきりしないが、もしかしたらあれは人の血ではないのか?

尾崎は縦通路に入った。左右にはスチール製の商品陳列棚がある。息を詰め、慎重に進んでいった。床の染みが徐々に近づいてくる。あと五メートル、三メートル、一メートル。

腰を屈めて、その染みを観察してみた。これは決して塗料などではない。血液——おそらくは人間の血だ。

腕をつかれて尾崎は顔を上げた。広瀬のほうを向くと、彼女は前方の床を指差していた。今見ている血痕の一・五メートルほど先に、もう少し小さな血の痕があった。そこから先にも、血が滴った痕が続いている。

どうやら負傷者はこの通路を奥へ向かったようだ。その移動の途中、傷口からぽたぽたと血が垂れ落ちたのだろう。

広瀬にハンドサインを出してから、尾崎は血痕を追って歩きだした。足音を立てないよう気をつけて進んでいく。移動する間も、辺りへの注意を払い続けた。

4

この建物のどこかに負傷者がいる可能性があった。

いったいその人物の怪我はどれほどのものなのか。通路に落ちた血からは、傷の程度は想像できない。怪我をした部位によって重傷度も変わってくるだろう。もし頭部からの出血であれば、かなり深刻なものになっているかもしれない。

――いや、もしかして負傷者はもう……。

嫌なことが頭に浮かんだ。尾崎は首を左右に振って、その考えを追い払う。

今はあれこれ想像していても仕方がない。それによって萎縮してしまい、的確な行動がとれなくなるおそれがある。恐怖は人の判断を鈍らせる。過去の捜査の中で、尾崎がはっきり理解してきたことだった。

やがて縦通路の端にたどり着いた。この先は少し広めのスペースになっている。肉や魚などを陳列する冷蔵ケースが壁に沿って並び、商品を載せるワゴンもいくつか置かれていた。床には段ボール箱や新聞紙、ナイロン製の紐《ひも》などが落ちている。

尾崎は陳列棚の陰から首を出し、辺りに目を走らせた。

血痕は精肉売り場の前を通り、店の左奥へと続いている。尾崎はそれを追って、売り場の隅まで進んだ。目の前に、バックヤードに抜けるスイングドアがあった。血の滴りはドアの前で途切れている。負傷者はこの奥にいるのだろう。

ひとつ深呼吸をしてから、尾崎は銀色のスイングドアを押した。中は真っ暗だ。売り場のほうは窓からの明かりがうっすら届いていたが、この先はよく見えない。

尾崎はポケットからミニライトを取り出した。何が現れるかと緊張しながらスイッチを押す。暗闇の中を、さっと光が走った。正面の壁が白い円になって浮かび上がった。

尾崎はライトを振ってみた。白い円が上下左右に動いて、部屋の構造がわかってきた。

部屋は和室で言えば八畳ほどの広さだろう。壁や床にはタイルが貼られていて、水を流すなどの掃除がしやすい造りだ。壁際には銀色の業務用冷蔵庫がある。その隣には大きめの流し台、そして部屋の中央には広い作業台があった。厚いまな板と、古い計量器が残されている。

計量器の横にあるのは何だろう。尾崎は目を凝らした。そうだ、鎖ではないか！　おそらくあれは、犯人がやってきたという証拠だ。

ここは精肉の加工室のようだった。仕入れてきたブロック肉などを加工し、パック詰めしていくのだろう。それらが売り場へ並べられていたわけだ。

もうひとつ明かりが灯った。広瀬も自分のミニライトを点けたのだ。

尾崎は加工室の中に入っていった。

壁際の冷蔵庫を観察する。正面から見て、ドアは四つあった。上半分、下半分とも左右に開くタイプだ。

強い不安を感じた。空き店舗の片隅に置かれた冷蔵庫。業務用の機種でかなりの容量だ。このサイズなら、人ひとりを押し込んでおくこともできるのではないか？

左手でライトをかざし、右手で冷蔵庫のドアに触れてみた。自分でも意外だったが、指先が震えているのがわかった。

いつもの自分を思い出そうとした。これは仕事だ。恐怖や緊張を感じるべきではない。中を確認すべきなのだ。そして結果を報告するのだ。

尾崎は上の右側にあるドアに手をかけ、勢いよく手前に引いた。銀色のドアが開いた。ライトで素早く内部を照らす。

中はいくつかの段に分かれている。覗き込んでみたが、破れたポリ袋や空になった発泡スチロールのケース、伝票の切れ端などが見えるばかりだ。電源は入っていないようで、冷気は出てこない。

上段左側も開けてみたが、同様だった。これといったものは入っていない。

続いて尾崎は、下段左側のドアに手をかけた。軽く力を入れて手前に開ける。

突然、大きなものが転がり出た。ぎくりとして尾崎は飛び退《の》いた。目を大きく見開いて、その物体を見つめる。

それは人間だった。ズボンにシャツ、春物の黒っぽいセーターを身に着け、両手を腹の前で縛られている。体つきから男性だとわかった。

「大丈夫ですか！」

尾崎は慌ててしゃがみ込み、相手を観察した。頭から流れ出た血が、肩から右腕、指先にまで滴っている。これが売り場に垂れ落ちていたのだろう。この人物はまだ息があるのか？

「しっかりしてください」

上半身を抱き起こす。それからライトで相手の顔を照らしてみた。

色白の肌に、長めでもっさりした髪、生気があまり感じられない顔。目を閉じているが、その人物にはたしかに見覚えがあった。

五年前の錦糸町事件で郷田裕治に刺され、左脚に怪我をした男性。坂本高之だ。なぜ彼がここに、という疑問が湧いた。だが今はそれどころではない。

「坂本さん、わかりますか？　警察です」

耳元で話しかけてみたが、坂本は目を開こうとしなかった。ただし、身をよじって唸り声を出したから息はある。頭以外に外傷があるかどうかは、調べてみないとわからない。

やはりここが正解だったのだ、と尾崎は思った。それと同時に、先ほど調べた廃屋に《×》印があったことを思い出した。犯人はこの辺り一帯で、使えそうな廃屋を探していたのだろう。もしかしたら、冷蔵庫のない廃屋にその印を付けていたのではないか。

今回の奴のこだわりは、冷蔵庫だったのではないか、という気がした。

つぶした段ボール箱があったので、尾崎はその上に坂本を横たえた。両手を縛っていたワイヤーをほどいて、手首を自由にしてやった。それからミニライトで辺りの床を調べてみた。こんな場所だが、何か利用できるものはないだろうか。

「広瀬、毛布の代わりになるようなものはないか？」

そう呼びかけたのだが、返事がない。不審に思って振り返り、ライトで照らしてみた。

広瀬の姿が見えない。

「どうした、広瀬？」

尾崎に言われる前に、彼女は救助用品などを探しに行ったのだろうか。いや、それなら一声かけていくはずだ。

何かおかしい。尾崎の中に嫌な予感が広がっていった。辺りの暗さと相まって、不安が大きく膨らんでくる。

「おい広瀬、どこにいる？」

坂本を寝かせたまま、尾崎は立ち上がった。明かりをかざしながら加工室の中をぐるりと見回す。広瀬はどこにもいない。

スイングドアを開けて、尾崎は精肉売り場に出た。

そこへ強烈な打撃が来た。目の前で火花が散ったような感覚があった。右側頭部に強い痛みが走る。

逃げなければ、と思った。しかし次の瞬間、二度目の攻撃が来た。頭部への打撃は避けられたが、代わりに右の肩を激しく打たれた。

床に倒れ込みそうになったが、その勢いを利用して敵から離れた。精肉の陳列ケースにつかまりながら数メートル進んで、尾崎は体勢を立て直す。頭に触ると、ぬらりとした血の感触があった。

薄暗いながらも、売り場には外からの明かりが届いている。敵の姿が見えた。

身長は尾崎と同じぐらい、百八十センチほどだろう。顎ひげを生やした三、四十代の男だ。間違いない。木場親水公園で見かけた広瀬の協力者だった。広瀬は彼を南原と呼んでいた。

「南原——いや、北野康則だな」尾崎は、右手で頭の血を拭った。「ほかにも名前があったか。そう、住んでいたアパートでは東川と名乗っていたな」

北野は右手に特殊警棒を持っていた。振り回しやすいし強度がある。あれは厄介な武器だ。

「邪魔なんだよ」北野は低い声で言った。「あと少しで計画が成功するっていうのに、なんでしゃしゃり出てきた？　おまえも広瀬も」

その言葉を聞いて尾崎は思い出した。広瀬はどうなったのか。薄暗い売り場で目を凝らすと、北野の二メートルほど後方に彼女が倒れているのが見えた。

「広瀬！　大丈夫か」

尾崎の呼びかけに彼女は反応した。頭を振りながら体を起こし、壁にもたれかかる恰好で横座りになった。だが尾崎と同様に殴打されて、立ち上がることはできないようだ。彼女もまた腹の前で、両手をワイヤーで縛られているのがわかった。

加工室で尾崎が坂本を助けているとき、広瀬はうしろから襲われたのだろう。北野の詳しい経歴は不明だが、その手際のよさには驚かされる。闇社会で仕事をしていたというから、特殊な訓練を受けてきたのかもしれない。

「おい、こっちに来いよ」北野は言った。「あんた、女ひとり置いて逃げるつもりじゃないだろうな」

尾崎は辺りに目を走らせた。

今、自分たちは店の一番奥、精肉売り場にいる。尾崎ひとりで逃げ出すことは可能だが、その場合、残された広瀬がどうなるかわからなかった。尾崎を取り逃がした腹いせに、北野は彼女を激しく痛めつけるのではないか。

尾崎はあらためて自分の頭に触れてみた。殴打された側頭部からは、まだ出血が続いている。強い痛みもある。この先どうなるかという不安が膨らんだ。なんとかしてこの状況を打開しなければ、と思った。

「北野、おまえの目的は何だ」

尾崎は尋ねた。少しでも相手の気を逸らして隙を探したかった。時間を稼ごうという思いもあった。稼いだ時間で何ができるか思いつかないが、甘んじてこのまま攻撃を受けるわけにはいかない。

「俺の目的？　わからないのか。いや、わからないふりをしてるんだよな？」

北野は尾崎を睨んでいる。少し考えたあと、尾崎は話しだした。

「手島恭介を調べた結果、郷田裕治の弟分だったことが明らかになった。郷田は五年前、錦糸町で坂本高之さん——さっき冷蔵庫に押し込まれていた男性だが、その人とトラブルになった。郷田は坂本さんに大怪我をさせたあと、交通事故死した。郷田はもういないわけだが、今回の事件の動機は、郷田への恨みだったんじゃないかと俺は推測している。どうだ？」

この会話に相手が乗ってくれたら、しばらく注意を引きつけることができるだろう。頼むから乗ってきてくれ、と尾崎は祈った。

ふん、と鼻を鳴らしたあと、北野は言った。

「そこまでは当たってるよ」

「郷田への恨みから、おまえは弟分だった手島を殺害した。それはわかるが、二番目の事件で白根健太郎さんを殺害したのはなぜだ。白根さんは飲食チェーン勤務で、郷田たちとの接点は見つかっていない」

「そうだろうな。関係ないからな」

尾崎は眉をひそめた。これは不可解だった。白根は郷田とは無関係であると、北野は認めたのだ。

「だったら、なぜ白根さんを襲ったんだ」

「自分で考えてみろよ。あんた刑事なんだろう？」

北野は冷たい目でこちらを見ている。ひとつ咳払いをしてから尾崎は続けた。

「三番目の事件では、うちの署の菊池班長がターゲットになった。班長が過去、おまえに何かしたのか？　それとも……まさかとは思うが、班長が郷田と関わっていたとでもいうのか？」

「菊池の能力不足が許せなかったんだよ。あいつは、刑事としては最低の奴だ」

「捜査に不満があったということか？　だから菊池班長を事件に巻き込んだと……」

「刑事として責任をとってもらったんだ。警察はすぐにでたらめな捜査をする。それじゃ困るんだよ。命がけで仕事をしろってことを、あんたたちに言いたかった。そのために菊池を殺した」

「……そして四番目には坂本さんを狙ったのか。それも納得できないな。坂本さんは郷田に刺されたんだから、郷田を恨んでいたはずだ。言ってみれば、坂本さんはおまえと同じ側の人間だろう。それなのに、なぜ殺害しようとしたんだ」

尾崎は相手の顔をじっと見つめて尋ねる。北野は何か言おうとしたが、そのまま言葉を呑み込んだようだ。

数秒考えてから、あらためて北野は口を開いた。

「すべてあんたたちのせいだよ。俺がこんなことをしたのは、警察が無能だからだ。こうでもしなければ、あんたたちには理解できないだろうからな」

彼は警察を強く恨んでいるらしい。だがその言葉の端々に感じられるのは、こらえきれない悲しみのようにも思われる。いったい、過去にどのような出来事があったというのか。

「北野、おまえは二年前、野見川組の下働きを始めたんだったな。何があったんだ？」

「俺は人生をめちゃくちゃにされたんだよ！」北野は声を荒らげた。「元はといえば郷田と手島のせいだ。だが白根と警察、坂本にも責任がある。どいつもこいつもクソ野郎だ。俺は絶対に許さない！」

興奮した口調で北野は言う。彼の手にある特殊警棒が何度か空を切った。記憶をたどることで、怒りが甦《よみがえ》ってきたのだろう。

ちくしょう、ちくしょう、と北野は繰り返していた。この興奮を鎮めたほうがいいのか、それとも利用したほうがいいのかと、尾崎は思案した。だがそんなことをゆっくり考えている余裕はないようだ。

「菊池を殺して、警察への復讐は済んだと思っていた」北野はこちらへ近づいてきた。「でも、そうじゃなかった。俺はあんたたちふたりも殺さなくちゃならない。……なあ、あんたたちが悪いんだぞ。こんな場所までわざわざやってくるから」

「落ち着け、北野」尾崎は宥めるように話しかけた。「事情を聞かせてくれ。おまえはなぜこんなに多くの人を恨んでいるんだ。過去に何があった？」

「あんたに話しても仕方ないよ。だってあんたはすぐに死ぬんだからな」

北野は一気に距離を詰めてきた。特殊警棒を振り上げ、振り下ろす。尾崎の顔のすぐそばで、空を切る音がした。尾崎は警棒をよけて、右へ回り込もうとした。だがそこで思わぬことが起きた。先ほど殴打されたせいだろう、体が大きくふらついたのだ。

バランスを崩したところへ次の攻撃が来た。よけきれずに左の脇腹を強く打たれた。強烈な一撃だった。脚から力が抜け、尾崎はがくりと床に膝をつく。その隙に、北野は頭を狙ってきた。

――くそ、これまでか。

もう駄目かと思ったときだった。北野の体が飛んできた。

それはまさに、飛んできたとしか思えない現象だった。気がついたときには北野の体が目の前にあったのだ。次の瞬間、体当たりを受けるような形で尾崎は後方に吹っ飛んだ。北野と尾崎はそのまま二メートルほどうしろの壁に叩きつけられた。呼吸もできずに、床の上に倒れ込む。

何が起こったのかわからない。だが、咄嗟《とっさ》に手足を動かして起き上がった。床に倒れている北野に覆い被《かぶ》さり、関節技を極《き》めて動きを封じた。

「尾崎くん！」

広瀬の声が聞こえた。北野を押さえつけた状態で、尾崎は彼女のほうを見た。そして、ようやく状況を理解した。

彼女は売り場にあったワゴンを押して、北野に突進したのだ。ワゴンにタイヤが付いていたこと、そのタイヤがロックされていなかったことは幸いだった。ワゴンは北野のうしろから衝突し、尾崎を巻き込んでさらに走った。その結果、北野も尾崎も壁に叩きつけられたのだ。

「大丈夫なのか、広瀬。動けないのかと思った」尾崎は彼女に声をかける。

「自分でも驚いているわ」彼女は荒い息をつきながら言った。「人間、死ぬ気になればなんでもできるのね」

尾崎は床に落ちていたナイロン製の紐で、北野の両手、両脚を縛った。それから広瀬に近づき、手首のワイヤーをほどいてやった。縛られていた部分には赤い痕が残っている。

ひとつ息をついてから、尾崎は北野に話しかけた。

「おまえには傷害や公務執行妨害の罪が加わったな。だが、殺人が増えなかったのは不幸中の幸いだ」

「ふざけるな」北野は吐き捨てるように言った。「あんたらふたりも始末して、最後に墓前で報告してやりたかったのに……」

その言葉を聞いて、尾崎は表情を引き締めた。過去、北野と関わりのある者が亡くなったのだろう。おそらくそれは、郷田たちと関係のある死なのだ。だから北野はその復讐を進めていたに違いない。

「あらためて訊こう。過去に何があった？」

「大事な家族を失ったんだ」北野は言った。「俺は、息子を殺されたんだよ」

眉をひそめて尾崎は北野を見つめる。広瀬もまた、意外に思っているようだ。

北野に息子がいたこと、その息子が殺害されたこと。いずれも、これまでの捜査で一切出てきていない情報だった。

捜査本部に応援を求めるため、尾崎はポケットからスマホを取り出した。

5

応援のメンバーや救急車が到着するまで、少し時間がかかるようだ。

加工室で坂本の様子を確認した。頭を殴られてかなり出血していたが、尾崎が介抱しているうち、彼は意識を取り戻した。

「坂本さん、私がわかりますか？」

「ああ……刑事さん。すみません、頭を殴られて……」

尾崎はハンカチを取り出して、坂本の額や顔の血を拭った。言葉もはっきりしているし、調べてみて、ほかに外傷はないのでほっとした。坂本は左脚が悪かったはずだ。救急車がやってくるまで、そのまま畳んだ段ボールの上に座らせておくことにした。

加工室から売り場に出る。尾崎自身の頭の出血も、すでに止まっていた。

北野は手足を縛られ、床に座り込んでいた。そばに立っていた広瀬が、尾崎のほうを向いた。

「南原――いえ、北野を協力者として信じてしまったのは私の失態だったわ」彼女は肩を落とした。「反省はあとでするとして、彼が私に近づいた経緯が知りたいの」

わかった、と答えて尾崎は北野の前に立った。パトカーが来るまで、調べられることは調べておきたい。その考えは広瀬と同じだった。

「俺は深川署の尾崎だ。確認したいことがある。……おまえはいくつかの偽名を使っていたな。北野康則というのも偽名かもしれないが、ここでは北野と呼ぶことにする。おまえは二年前から野見川組の手伝いをしていた。裏社会で暴力団などの下働きをしていたわけだ。一方でおまえは警察にも近づいていた。一年前には深川署の菊池警部補に接近し、協力者となった。また、南原という名前を使って、当時赤羽署にいた広瀬の協力者にもなった。おまえはふたりから指示を受けて情報収集を行い、報告して謝礼を受け取っていた。だが目的は金ではなかったはずだ。あとあと自分で事件を起こして、そのとき警察の捜査情報を聞き出すつもりだった。そうだな？」

言葉を切って、尾崎は相手の反応を窺った。北野はぼんやりと床を見ている。尾崎の問いかけには返事をしないつもりだろうか。

「おまえは、深川署管内や赤羽署管内で事件を起こす予定だったんだろう」尾崎は続けた。「だからふたりの刑事に接近した。この四月、広瀬が深川署に異動になったのは偶然だろうが、結果的にはおまえにとって好都合だった。深川署管内で事件が起きれば、菊池さんや広瀬が捜査本部に参加する。そうなれば、自分が起こした事件を警察がどう捜査しているか、ふたりから聞き出すことができるわけだ。菊池さんも広瀬も、まさか自分の協力者がそこまで計算していたとは気がつかなかっただろう。おまえは頭の切れる男だと、俺も思うよ」

少し持ち上げたつもりだったが、相手の心には響かなかったようだ。北野はいまだに視線をこちらへ向けようとしない。それを見て、広瀬は渋い表情を浮かべていた。自分を騙した人物と相対しているのだ。いろいろ訊きたいことがあるに違いない。

北野に喋らせるためにはどうすればいいかと、尾崎は思案した。まずは事件の経過を振り返るべきだろう。

「事件について整理したい。今回おまえは殺人を犯すだけでなく、遺体にいろいろな細工をした。あれは過去の事件と関係あるんだろう？」

尾崎が尋ねると、一瞬だが北野の視線が動いた。初めての反応だ。この話は北野にとって重要なことなのではないか。

「北野、答えなさい」広瀬が厳しい口調で言った。「あなたは身柄を拘束されているのよ。

今さら隠し事をしても仕方がないでしょう。私を騙していたことには目をつぶる。だから、事件のことをしっかり話しなさい」

追及されたが、それでも北野は返事をしなかった。

「北野！」

広瀬が声を荒らげたが、これは逆効果にしかならないだろう。尾崎は彼女を制して、静かに北野に話しかけた。

「順番にみていこう。まず、第一の事件だ。郷田の弟分だった手島恭介がターゲットになった。もともとおまえは、手島のことを調べるために野見川組の手伝いを始めたんじゃないか？　組に出入りするうち、同じように下働きをしている手島と親しくなれたはずだ。四月十四日の夜、おまえは手島を江東区三好の廃アパートで襲い、用意しておいた穴に埋めた。だが、ただ生き埋めにしたわけではない。わざわざシュノーケルをくわえさせ、水を流し込んで溺死させた。あの現場を見て、我々はひどく驚かされたよ。なぜ時間をかけ、手間をかけて、残酷な殺し方をしなくてはいけなかったのか。これもまた、おそらくこだわりだったんだろう。だが、それにしてもあまりに猟奇的だし、不可解な事件現場だった。あれは何を意味していたんだ？」

具体的に状況を説明したし、かなり絞り込んだ質問だったが、北野はやはり答えなかった。とはいえ、彼は反抗的な態度をとっているわけではない。尾崎はもう少し、この線で話を続けようと思った。

「次に第二の事件。おまえは赤羽の廃倉庫で白根健太郎さんを殺害したあと、両目を抉り、頭に黒いポリ袋をかぶせた。これもまた相当、猟奇的な犯行だ。かなり深い恨みがあったのだと推測できる。……ところで白根さんの部屋を調べたところ、《行方不明》というメモが見つかった。これは重要な手がかりなのかもしれない。おまえはさっき、息子を殺されたと言ったな。行方不明というのは、その息子さんのことじゃないのか？」

いくつか考えていた質問のひとつだった。仮にこれが空振りだったとしたら、次の話に移るだけのことだ。

だが今の問いかけによって、北野の表情は大きく変化した。彼は不快そうに眉をひそめ、身じろぎをしている。尾崎の質問が彼を刺激したことは明らかだった。

「もしかして、おまえの息子さんが行方不明になったことを、白根さんは知っていたのか？　それが恨みの理由なのか？　いや、しかしそれだけで殺害したとは考えにくい。もっと別の理由があったのだと俺は考えているんだ。そうじゃないのか、北野」

北野は何か言おうとしたようだ。だが、まだためらいがあるのか、言葉を口に出そうとはしない。

もう一息だ、と尾崎は思った。北野は黙秘を決め込んでいるわけではないだろう。きっかけさえあれば、言いたいことを口にするはずだ。

「続いて、第三の事件の話だ。おまえは菊池班長を大森の廃店舗へ呼び出し、殺害した。そこでまた異様な現場状況を作り出した。土にソースとケチャップを混ぜ合わせたものを、菊池さんの口に押し込んだんだ。これを見たとき、俺は気味の悪さを感じた。見た目のインパクトでいえば、第一、第二の事件のほうが衝撃的だ。しかし土に調味料を混ぜること、それを被害者の口に押し込むことが、俺にとってはどうしようもなく不快だったし、不気味だった。……あれを死者への冒瀆《ぼうとく》だと非難するのは簡単だ。だが俺は、おまえがあんなことをした理由が知りたい。おまえの中にあった思いを教えてもらえないか」

尾崎は真剣な目で相手を見つめる。それに応えるように、北野は顔を上げた。

この距離で、初めて尾崎と北野の目が合った。だが北野はまだ黙ったままでいる。

チャンスを逃したくない、と尾崎は感じた。

「おまえが遺体にさまざまな細工をしたことには、意味が込められているはずだ。我々捜査員はそのメッセージを読み解かなくてはならない。おそらく、おまえの息子さんが殺害されたことと無関係ではないだろう。そこでヒントになるのは……そう、第三の事件だと思う。おまえが被害者にしたことは、意趣返しだったんじゃないか?」

尾崎は喋りながら考え続ける。何かひとつでも手がかりをつかみたい。そのためには、北野を会話に引き込まなくてはならない。この話題が続いているうちに、なんとか端緒をつかむ必要がある。

「土と調味料……」頭を回転させながら尾崎はつぶやく。「この組み合わせは明らかに異様だ。調味料で味付けして何かを食べさせるのはいい。だがそれが土だったというのが問題なんだ。嫌がらせというか拷問というか、とにかく被害者を苦しめる行為だと言える。ものを食べさせるということは本来、慈しみをもって行われることなのに……」

いや、待てよ、と尾崎は思った。

「そうだ。たとえば子供にものを食べさせるのは、慈しむということだろう。しかし被害者は土を食わされた。……これこそが復讐であり、意趣返しなのかもしれない。ひょっとして、過去の事件で、おまえの息子さんは飢えに苦しんだんじゃないのか？　それを知っているから、おまえは被害者に土を食わせた……。あれは亡くなった息子さんへの手向けだったんだ」

すう、と息を吸い込む音がした。床に座り込んでいる北野は、今はっきりと尾崎の目を見つめ返していた。

「正解ですよ、刑事さん」北野は言った。「あんた、尾崎さんといいましたっけ。土に目をつけたのはセンスがいい」

北野の言葉を聞いて、尾崎は意外に思った。先ほどまであんなに暴力的だった男が、今はすっかりおとなしくなっている。興奮がおさまり、反抗しても意味がないと察したのだろうか。そうであればこの先の質問がしやすくなる。

「息子さんが飢えに苦しんだとすると、第四の事件も読み解けそうだ。息子さんはどこかに閉じ込められていたんじゃないか？　たとえば、誰もいない場所にある冷蔵庫だ。長時間閉じ込められていたから、息子さんは飲んだり食べたりできなかった……」

そこまで話したとき尾崎は、あっ、と声を上げた。ひらめいたことがあった。

「……第三の事件で『食べ物』の意趣返しが行われた。それに対して第一の事件は『飲み物』だったんだ。息子さんは喉の渇きを感じていたし、空腹も感じていたんだろう。その息子さんへの手向けとして、おまえは被害者に無理やり水を飲ませ、土を食わせた。それが息子さんの供養になると思ったからだ」

尾崎の思いつきでしかないことだった。しかし行方不明になった息子がどのような状態にあったかを考えると、次第に謎が解かれていくような気分になる。

今の言葉に興味を感じたのだろう。北野は自分から尋ねてきた。

「二番目の現場については？」

第二の事件では遺体の両目が抉られ、頭からポリ袋をかぶせられていた。あれが示すものは何なのだろう。

「視力を奪われたということか？」尾崎は考えながら言った。「まさか実際におまえの息子さんが、目を傷つけられたというのでは……」

「それはなかった」北野は首を左右に振る。

「じゃあ、目を抉ったのは猟奇的な演出か。ポリ袋をかぶせられたことで、被害者は何も見えなくなった。……そうか、真っ暗な場所だったということだな。第四の事件のように息子さんは冷蔵庫、またはそれに似た場所に閉じ込められていたんだろう。中は真っ暗だったというわけだ」

「そう。これで、あの子の置かれた状況がわかるでしょう」

「息子さんは行方不明になり、業務用冷蔵庫のような場所に閉じ込められた。真っ暗な中で恐怖に怯えた。喉の渇きと空腹に苦しめられた。……ということは、かなり長い時間、監禁されていたと考えられる」

「その結果どうなったか、想像してみてください」

北野に問われて、尾崎は考え込んだ。おそらく答えはひとつしかない。だがそれを父親の前で口にするのは勇気のいることだった。

「餓死したんだな、息子さんは」

黙ったまま、北野は二度、三度と首を縦に振った。自分自身を説得し、平常心を保とうとしているようにも見えた。

「息子さんの話、詳しく聞かせてくれないかしら」広瀬が言った。「辛い思い出かもしれないけれど、その辛さを私たちにも共有させてほしい。私はあなたを協力者として雇っ

「郷田のことは俺たちもかなり調べているんだ。おまえの話をわかってやれると思う」

た。これは雇い主としての最後の命令よ」


尾崎も、相手の目を覗き込んでそう促した。

北野は長いため息をついたあと、話しだした。

「五年前の三月六日、私の息子・裕介《ゆうすけ》が行方不明になりました。裕介は平井にある中学校の一年生でした。その日あの子は部活を終えて、学校から帰る途中で消えてしまった。私と妻の晶子《あきこ》は翌朝、警察に行方不明者届を出しました。小柄な子でしたから、何かの事件に巻き込まれた可能性があると思ったんです。警察は捜査をしてくれましたが、目撃証言は得られず、何カ月後かに捜査は縮小――いえ、実質的に終了してしまったようでした。世間は事件のことをすぐに忘れてしまいましたが、私と晶子は諦められませんでした。私たちは街頭でチラシ配りなどもしました。でも手がかりはつかめなかった。

事件から二年半後、平井で風間冷機という会社の店舗の解体工事が行われました。その際、暗い地下フロアの、通電していない業務用冷蔵庫から裕介の遺体が発見されたんです。換気のため、角材をかませてドアに隙間は作ってありましたが、何重にも鎖がかけられていて、内側からは開けられない状態でした。その冷蔵庫の中で裕介は餓死していました。あの子は喉の渇きを感じ、腹をすかせていたはずです。真っ暗な場所で何も見えず、恐怖に震えていたでしょう。……そう思うと本当にショックでした。なぜ犯人はこんなむごいことをしたんだろうと思った。怒りを抑えることができませんでした」

まったく予想していない話だった。

その様子を想像すると、尾崎も深刻な気分になった。まだ中学一年生の少年が、闇の中で何もできず、ただ死ぬのを待つだけだったとは。

「妻は毎日泣いていました。私は親の残してくれた資産で投資をしていたけれど、判断ミスばかりしていました。あるひこのままではいけないと考えて、私は事件の調査を始めることにしたんです。……でも当時の私には、要領よく調べを進めることができませんでした。時間ばかり経ってしまって成果が出ない。かなり滅入りました。あのころは人生のどん底の時期だったと思います」

記憶が甦ってきたらしく、北野は苦しげな表情を浮かべている。時間が経っても癒えない心の痛みが、今も彼を苦しめているのだろう。

「それでも調査を続けて、事件から三年後、今から二年前のことですが、ようやくある事実がわかりました。……平井事件が発生した日の夜、錦糸町で別の傷害事件が起きていたんです。犯人は郷田裕治、被害者は坂本高之でした。私の家は平井で、錦糸町までは電車で二駅しか離れていません。たまたま同じ日に起こった事件かもしれませんが、気になって仕方ありませんでした」

「平井事件では学校帰りの息子さんが行方不明になった。それは三月六日の何時ごろだったんだ？」

「学校を出たのは午後六時ごろです。ひとりで帰ったようですが、下校途中の姿は誰も見ていなくて……」

　当時、警察は事件、事故の両面から捜査を行ったはずだ。誘拐事件を疑う者もいただろう。それでも足取りがつかめなかったということか。

　一方の錦糸町事件は、これまで何度も調べてきたとおり、三月六日の二十三時過ぎに発生している。坂本が左脚を刺され、逃走した郷田が交通事故で死亡したのだ。

　北野はこのふたつの事件の間に関連があるのではないか、と考えたらしい。

「もっと情報がほしかった。でも情報を集めるには、外部からの接触では限度があります。私は思いきって、闇社会に身を投じることにしました。そのことを話すと、あなたにはついていけないと言って妻は家を出ていきました。仕方ないですよね」

　北野は寂しげに笑った。どう応じていいかわからず、尾崎は黙って彼を見守る。

「私はあちこちに挨拶して回り、その結果、暴力団の下働きをさせてもらえるようになりました。学ぶことがたくさんありましたよ。闇社会のルールや薬物の取引、窃盗、強盗のテクニックなどを教わりました。真面目に、真剣に仕事をして、少しずつ大きな仕事を任せてもらえるようになった。自分からも積極的にヤバい仕事を引き受けて、暴力団員や半グレのメンバーから信頼を得ていきました。やがて私は傷害事件なども請け負うようになった。気がつけば、闇社会のかなり深いところまで入り込んでいました。

私は平井事件の情報を集めていきました。そのうち、郷田には多額の借金があったこと、手島という弟分がいたことがわかりました。私は野見川組の下働きをして手島に近づき、親しくなって過去の出来事を聞き出しました。同じ闇社会の人間だったから、比較的簡単に信用してもらえたんです。何度もご馳走してやって、ついに私は平井事件の概要を聞くことができました。……ああ、北野というのは偽名ですからね。奴は私が裕介の父親だとは気づかなかったんです。

平井事件の犯人はやはり郷田でした。手島は直接犯行を手伝うことはなかったけれど、情報面で協力していました。事前に平井に行って犯行に使えそうな建物を探し、郷田に報告していたんです。ほかにも三カ所の空き家や廃屋を見つけて撮影していました。最終的にどこを使うかは、郷田が判断することになっていたようです」

ああ、そういうことか、と尾崎は納得した。

「五年前、手島恭介が郷田裕治の命令を受けて、廃屋などを探していたことがわかっている。今回おまえは手島が見つけた建物の近くで、あらためて廃屋を探し、死体遺棄に使った。郷田が起こした誘拐事件への復讐だったからだな。自分だけのこだわりでもあっただろうし、あわよくば警察に過去の事件を思い出させようとしたのか」

「そうですね……。五年前の事件と結びつけられる刑事がいれば、たいしたものだと思いました。まあ結局、誰ひとり気づかなかったようですが」

悔しいが、彼の言うとおりだ。尾崎と広瀬は手島のスマホの写真を見て、場所がこの事件と関係するのではないかと想像した。その発想自体は正しかった。しかし誘拐事件との関連までは、最後まで気づかなかった。

「五年前、郷田は営利誘拐を計画したんです。奴が目をつけた資産家の子供は四人。彼らはそれぞれ三好、赤羽、大森、平井に住んでいた。それらの家から少し離れた場所にアジトを用意し、子供を監禁するというのが郷田の考えでした。それで手島はその四つの町で、空き家や廃屋などを四カ所探したんです」

そうだ。五年前、三好のアパート付近で、手島が民家の庭を覗き込んでいるところが目撃されている。それらの家の写真が、古いスマホの中に残っていたわけだ。

「四人の候補者のうち、実際に誘拐されたのが平井に住んでいた、おまえの息子だったわけか」

「拉致するときの難易度や、アジトまでの移動経路、親への連絡方法などを考えた結果、裕介が選ばれたんでしょう。手島いわく、自分は空き家の情報を伝えただけで、誘拐の手伝いはしていない。子供がどこに閉じ込められたかも知らない、ということでした。奴の話を聞いて、私は怒りを抑えるのに必死でした。……だって四分の一の確率ですよ。ほかの子供が誘拐されていたらよかったのに、と何度思ったことか」

北野は顔を歪《ゆが》めていた。ほかの誰かの不幸を願うわけではないだろう。だが自分の子供とよその子供を比べたら、どちらが大事かは決まっている。

「郷田は三月六日の夕方、裕介をさらって風間冷機の販売店だった場所に監禁しました。通電していない、古い冷蔵庫の中にね。そのあと夜になって錦糸町へ行き、飲み屋に入ったんです」

「誘拐事件の最中に？」

驚いて尾崎は尋ねた。犯行の途中で飲みに行く人間などいるだろうか、という疑問が湧く。そんな尾崎を見て、北野は深くうなずいた。

「奴はヤミ金の人間から金を返すよう、厳しく催促されていたそうです。三月六日、誘拐事件を起こしている最中にも連絡があり、今日返さなければ強硬手段に出ると脅された。それで急遽、手島から金を借りて錦糸町へ行き、夜十時半ごろヤミ金業者に金を返したんです。用事が済んで少しほっとしたのか、馴染みの居酒屋に入って三十分だけ飲み食いをした。そしてその帰りに……」

「店を出て、坂本さんとトラブルになったわけか」

その夜の事件については尾崎たちもよく知っている。坂本は左脚を負傷し、警察官から逃げた郷田は車に撥ねられて死亡して――。

ここで尾崎ははっとした。

「裕介くんはそのまま冷蔵庫の中に？」

「そうですよ！」北野は唇を震わせながら言った。「あの子には何の罪もなかった。それなのに、真っ暗な部屋に置かれた冷蔵庫に閉じ込められた。誘拐犯は出かけたまま戻ってこない。水も食べ物もない中、あの子は誰かが助けに来てくれるのを待っていた。何日も何日も……。あの子の苦しみが想像できますか？　わずかにドアが開いていたから呼吸はできた。でも冷蔵庫のドアには鎖がかけられていた。絶対に開かないように。……だからですよ。私は鎖を事件現場に残すことにしたんだ」

そばで広瀬が身じろぎをするのがわかった。彼女は唇を噛んでいる。

尾崎もまた黙り込んでいた。閉じ込められた少年の気持ちを思うと、自分まで息苦しくなってくるようだった。

「平井事件の裏をとるため、私は裕介が誘拐されたと思われる現場を調べました。あの子は卓球部に入っていました。その活動が終わってから学校を出たんです」

「……そういえば元半グレの少年が話していたな。おまえと食事をして、卓球の話題で盛り上がったと。息子さんも卓球をやっていたからか」

「私は郷田が車で移動したルートをたどり、冷蔵庫のあった風間冷機の跡地に行って花を供えました。調査を続けながら、涙を流さずにはいられませんでした。……郷田はもう死んでいるから復讐のしようがありません。でも手島は生きている。奴は郷田と同罪だ、と私は思いました。三日間考え続けたあと、私は手島を殺そうと決意しました。それで、今から一年半ほど前だったか、あらためて手島から平井事件について詳しく聞いたんです。私が根掘り葉掘り尋ねたせいでしょうか、途中で手島は何か勘づいたようで、話を切り上げてしまったんですが……」

あ、と広瀬が声を上げた。どうした、と尾崎は尋ねる。

「手島の部屋のノートにメモがあったでしょう」広瀬は額に指先を当てて記憶をたどっていた。「『オレは関係ない！　タイミングが悪い！　責任を取れ！』という内容。手島は直接誘拐には関わっていない。でも、北野が事件の真相を探っていることを知って、驚いたんだと思う。交通事故死したとき、郷田は誘拐事件を起こしている最中だった、ということに気づいたのよ。郷田の死はまさにタイミングが悪かった。自分は調査の手伝いをしただけなのに、恨まれてはたまらない、と手島は思った。だから北野という男が何者であるかに気づいたとき、『オレは関係ない！』『責任を取れ！』と郷田への憤りをノートに書き殴った……」

なるほど、と尾崎はつぶやく。やはり広瀬の記憶力は優れている。

北野は話の続きに戻った。

「手島殺しを決意したあと、私はあと三人、始末すべき人間がいることを意識しました。第一に、五年前、息子が誘拐されたのではないかと私の妻が訴えたのに、聞き入れようとしなかった刑事の菊池です。仕事で苛立っていたのか、奴はあろうことか、『今は忙しいんだ』と言ったらしいんです。一般市民を邪魔者扱いしたわけです。税金から給料をもらっているくせにふざけるな、と思いました」

「あの菊池さんが、そんな態度をとるとは思えないが……」

「それは、あなたが同僚の刑事だからですよ。あなたたちは鈍感なんだ。一般市民の立場になってみればわかる。特に被害者の家族の立場なら、警察の対応には不満だらけですよ。大事な人を亡くすということを、あなたたちはまったく理解できていない」

「それは……」

と広瀬が言いかけた。彼女も警察に入る前、親しかった近所の男性を亡くしている。その事件によって進路を決めたのだから、彼女にも言い分はあるだろう。

だが広瀬は口をつぐんでいた。今は自分の話をしているときではないと感じたようだ。

「当時小松川《こまつがわ》署にいた菊池は、その後、深川署に異動しました」北野は言った。「私は菊池から情報を引き出すため、自然な出会いを装って接近しました。偽名を使っていたから、ばれる心配はなかった。菊池の協力者になって情報提供すると同時に、警察内部の情報を探っていきました。

過去の平井事件のことを尋ねるうち、菊池から情報が得られました。当時の捜査でわかったこととして、裕介が監禁された平井のアジトの隣に、白根という男が住んでいたそうです。彼は三月六日の夜七時ごろ、空き店舗となった風間冷機に誰かいることに気づいた。郷田が裕介を連れてきていたから、その物音が聞こえたんでしょう。でも警察には届けなかったというんです。遺体発見後、あらためて警察が事情を訊いたところ、そういえば当時、風間冷機で物音がしていたが、ホームレスか誰かが忍び込んだのだと思って通報しなかった、と言った。態度が変だったので刑事が追及したところ、実は面倒なことに巻き込まれたくなかったので通報しなかった、と打ち明けたということでした。……尾崎さん、わかりますか？　白根が通報していれば、裕介は助かった可能性が高いんですよ。次の日でも、その次の日でもよかった。警察に連絡さえしてくれれば、裕介は餓死する前に助け出されていたはずです。それなのに、白根は何もしなかった。これが許せますか？」

そういえば、と広瀬がつぶやいた。

「二年前、池袋本町に引っ越してきた白根さんは、近所の空き家を見て心配していたそうよ。『あそこは危ないですよね』とか『子供が遊びに入ったらまずいですね』とか……。裕介くんが閉じ込められた事件があったから、そう言ったんでしょう。通報しなかったことについて、彼も後悔していた可能性があるわね」

「事件が起きたあのときに、行動を起こしていなければ意味がないんですよ。あいつは事なかれ主義だった。他人のことなんかどうでもいいと思っていたんだ。そういう奴には死んでもらう必要があったんです」

強い口調で北野は言う。その気持ちはわかるが、だから殺していいということには絶対にならないはずだ。

北野が落ち着くのを待ってから、尾崎は質問を続けた。

「白根さんの部屋に《行方不明》と《agcy》というふたつのメモがあった。もしかしておまえは、事前に白根さんに接触していたのか？」

「そうです。偶然を装って知り合いになり、確認のため遠回しにいろいろなことを尋ねました。郷田のこと、手島のこと、そしてかつて中学生が行方不明になったこと。郷田たちは野見川組の手伝いで、高田馬場の新陽エージェンシーにも出入りしていましたから、そのことも質問しました。たぶんそれをメモしただけでしょうね」

結局、白根自身は新陽エージェンシーとは関係がなかったのだ。

「彼の目を抉ったのは、暗闇にいた裕介くんを思ってのことだな？」

「それだけじゃない。白根はアジトに誰かいることに気づいていました。いわば目撃者だったのに、見て見ぬふりをした。だから目を抉ってやったんです。奴の眼球は、私の家の冷蔵庫に入っていますよ」

北野は殺人のひとつひとつに意味を持たせていた。個人的なこだわりであるがゆえに、現場状況はこの上なく猟奇的になり、不可解なものになっていたのだ。

「あとひとり、今日殺害しようとした坂本さんについては？」

「それは簡単ですよ。錦糸町事件で郷田が事故死するきっかけを作ったのは、あの坂本です。奴が店の外でトラブルを起こさなければ、郷田は事故にも遭わず、平井の風間冷機に戻って裕介に食事を与えていたでしょう。そして次の日、金を要求する電話を私の家にかけてきたに違いない。金を払えば裕介は私のところに戻ってきたはずなんですよ。……坂本がよけいなことをしなければ、郷田が事故死することはなかった。そうであれば、裕介が亡くなることもなかったはずなんです。私は坂本に手紙を書いて、責任を問いました。自分の名前は伏せておきましたがね」

それだけで坂本を殺害しようとしたことは、やりすぎだという気もする。だが本人の中に、坂本を許すという発想はなかったのだろう。

結果として、北野は四人分の殺害計画を立てたわけだ。

実行にあたって、もっとも気をつかったのは、相手をどう呼び出すかということだったらしい。北野は電話をかけたりメールを送ったりして、言葉巧みに誘い出した。それで、殺害後に被害者のスマホを奪う必要があったのだ。

「暴力団の下働きをしてきたことで、おまえは犯行の技術と自信を手に入れた。だからこんな事件を起こしても平気だった、ということか。昔はごく普通の人間だったはずなのに、こうまで変わるとは……」

「誰でも変わりますよ。あなたも広瀬さんもね。……ああ、そうだ。広瀬さんは前に言ってましたよね。周りには隠しているけど、警察の中で何かを調べているって。組織の不正でも見つけてしまったら、あなたもこっち側の人間になってしまうんじゃないですか？」

「私は……」広瀬は口ごもった。「あなたのようにはならない。少なくとも、人を殺したりはしない」

「なるほど。まあ、あなたはたいして苦しんでもいないんでしょう。……私なんかはね、もう一生分の苦しみを味わいましたよ。息子は死んだ。妻もいなくなった。私には何も残っていないんだ。失うものは何もなかった。だから三人でも四人でも殺してやれると思ったんですよ」

口では強がっているが、北野の目は少し潤んでいた。

息子の顔を思い出したのだろう、彼は床に座り込んだまま涙を流し始めた。

6

日ごとに気温が上がってきている。

木場公園でジョギングをする人たちも、少しスタイルが変わってきたようだ。以前はしっかりした上下のスウェットを着ていたが、最近では半袖、半ズボンの人も目にするようになった。

四月二十二日、午前十時三十分。尾崎と広瀬はマジックミラー越しに、隣室で行われている事情聴取の様子を見守っていた。

捜査一課の刑事が取調官となって、四日前に救出された坂本高之から話を聞いているところだ。

「……なるほど、あなたの家に、正体不明の人物から手紙が届いたわけですね。そこには、五年前の事件、平井事件のことが書かれていた」

「ええ、そうなんです」

坂本はうなずいた。廃スーパーで救出されたときは頭から出血していたが、幸い傷は浅く、短時間なら事情聴取を受けられるようになっていた。

「手紙はどんな内容でしたか」

「郷田といいましたっけ、あの男とトラブルになったのはおまえのせいじゃないのか、と書かれていました。とんでもない話です。当時警察の方に話しましたけど、因縁をつけてきたのは向こうです。揉めたあと、郷田がナイフを取り出して僕を刺したんです」

取調官は黙ったまま坂本を見つめた。五秒、十秒と時間が経っていく。

居心地の悪さを感じたのだろう、坂本は小さく身じろぎをした。

「あの……何か？」

「坂本さん、本当のことを話していただけませんか」

「……どういうことです？」

「あの夜、ナイフを出したのはあなただったんじゃないですか？」

え、と言って坂本は怪訝そうな顔をする。

マジックミラー越しに見ていた尾崎は、眉をひそめて隣の部屋の坂本に注目した。いったい、どういうことだろう。ナイフを持っていたのは郷田ではなかったのか。当時の調書にもそう書かれていたはずだ。

そのとき、広瀬が何かに気づいたようだった。彼女は額に指先を当て、記憶をたどり始めた。

「たしか、スペインバルでオーナーが話していたわ。坂本さんには骨董品を集める趣味があって、バルのオーナーにもアンティークの食器などを販売していた。皿、カップ、スプーン、フォーク。そういう骨董品のほかに、坂本さんがナイフを集めていてもおかしくはない……」

尾崎も思い出した。坂本は私的に作った名刺を渡して、自分には骨董品収集の趣味があるとオーナーに話したのだ。

「坂本さんが先にナイフを出した……。もしそうだったら、郷田は正当防衛を主張してもよかったのでは……。いや、それは無理か。誘拐事件を起こしている最中だったわけだからな」

ひとり納得して、尾崎はうなずく。

取調室では、坂本が取調官の質問を否定していた。

「僕は被害者ですよ。……あの夜、スペインバルを出て歩いていたら、郷田がぶつかってきたんです。なんだおまえ、くらいのことは僕も言ったかもしれません。でも悪いのは向こうです。郷田はいきなりナイフを取り出して、僕の左脚に突き刺したんですから」

「あなたはその場に倒れた。そこへ警察官二名が駆けつけ、郷田は逃げ出した。そうですね？」

「ええ、とにかく僕は気が動転してしまって……。だって、ナイフで刺されるなんて人生で初めてでしたから」

「そのあとの行動を覚えていますか？」

「救急車が来たので、乗せてもらいました」

「いえ、救急車の前です。警察官が駆けつけたとき、ナイフはどうなっていましたか」

「左脚に刺さって……いや、僕が自分で抜いたのかな。普通だったらとても無理ですが、あのときは興奮して、アドレナリンが出ていたんだと思います。痛みを感じるようになったのは、救急車の中ですね。人間って不思議なものですよ」

坂本はそう言って口元を緩めた。口は笑っているのだが、よく見ると目は少しも笑っていない。

「凶器となったナイフですがね、五年経ってしまいましたが、当時あなたが酒を飲んでいたスペインバルのオーナーに写真を見せたんです。オーナーはそのナイフを覚えていましたよ。あなたはスプーンやフォークなどと一緒にそのナイフも売ろうとした。しかしオーナーは食器やカトラリーだけでいいと言った。結局ナイフはあなたのコレクションとしてそのまま残った」

「それは……」坂本の表情に動揺が感じられる。

「当時鑑識がナイフの指紋を採ろうとしましたが、柄の部分が血で濡《ぬ》れていて採取できませんでした。だがよく考えてみれば、おかしな話です。普通に脚から抜いたのなら、柄の部分がそこまで血まみれになることはないでしょう。あなたは故意に、柄の部分を血で汚したんじゃありませんか。もともと自分の指紋がたくさん付いていたことを、つまりナイフは自分のものだったということを、警察に隠そうとして……」

坂本は目を逸らし、机の天板をじっと見つめている。

取調官は追及を続けた。

「なぜあなたは、ナイフが自分のものだということを隠したのか。……ナイフを出したのは郷田ではなく、あなただったからでしょう。そうですね？」

しばらく口の中でぶつぶつ言っていたが、やがて坂本は観念したように肩を落とした。

「ええ。ナイフを出したのは僕です。だけど……あいつが悪いんですよ。僕を脅して、つかみかかろうとしていたから」

「あなたはナイフを取り出し、郷田に立ち向かった。ところがそれを取り上げられ、逆に刺されてしまったわけですね」

「……そうです」

坂本は意気消沈している。

当時の鑑識や捜査員に落ち度があったことは、認めなくてはならないだろう。坂本が刺されたところを目撃した者がいなかったため、みな彼の証言がすべてだと考えてしまったのだ。

「僕は罪に問われるんでしょうか」

か細い声で坂本は尋ねた。取調官は咳払いをしてから言った。

「まずは事情聴取が先です。ここから先はすべて正直に話すように」

わかりました、と答えて坂本は小さくため息をついた。

午後八時から捜査会議が開かれた。

捜査一課の片岡係長が、ホワイトボードの前に立ってみなを見回した。

「夜の会議を始める。まず、私のほうからだな。現在、北野康則——本名・永井誠次《ながいせいじ》、四十四歳の取調べが進んでいる。永井の自供に従って過去の事件を調べたところ、たしかに五年前、平井で中学一年生男子・永井裕介くんが行方不明になる事件が起こっていた。母親が当時小松川署にいた菊池警部補を訪ねたが、冷たくあしらわれたと、永井は主張している。それがのちに殺害の動機になったということだ。

そして二年半後、平井にあった風間冷機の空き店舗の冷蔵庫で、裕介くんの遺体が発見された。このとき小松川署の人間が、永井に息子さんの発見を知らせている。永井はショックを受けた。あらためて小松川署を訪ねて、当時の捜査の不備を追及したようだ。菊池警部補は深川署に異動していたため、別の人間が話を聞いた。このときは永井に寄り添った対応ができたようで、彼は諦めて帰宅したらしい。だが永井の中で、菊池警部補への恨みは深かったんだろう。本当に残念なことだ」

捜査員たちはみな真剣な表情で資料を見つめている。胸中にはさまざまな思いがあるだろう。特に尾崎たちのように菊池と面識のあった者は、辛い気分を味わっているはずだ。

「一方、裕介くん誘拐犯である郷田とトラブルを起こした坂本高之は、事情聴取でいくつかのことを認めた。まず、ナイフを持っていたのは自分だったこと。そして、トラブルのもとを作ったのも自分だったこと。……坂本は酒に酔うと気が大きくなるタイプで、事件の夜もそうだった。郷田と体がぶつかったあと、相手を挑発したのは坂本だった。さんざん煽《あお》られて郷田は我慢できなくなり、手を出した。それを受けて坂本はナイフを取り出したんだ。しかし結果はみんなも知っているとおり、坂本は郷田に刺された。ナイフを取り上げられて返り討ちに遭ったわけだ」

尾崎にとっては意外なことだった。午前中、坂本の事情聴取を少し見たが、あのあとさらに調べが進んだのだ。まさか坂本が郷田を挑発していたとは知らなかった。

「五年前の事件では不幸な偶然が重なった」片岡は硬い表情で言った。「郷田と坂本高之がトラブルになったこと。郷田が交通事故で死亡したこと。白根が風間冷機の物音を通報しなかったこと。家族の訴えがあったのに菊池警部補が取り合わなかったこと……。どこかの段階でストップがかかっていれば、少年は死亡せずに済んだかもしれない。まったく残念だとしか言いようがない」

尾崎は腕組みをして、手元の捜査資料に目を落とした。

永井を逮捕したときの言葉が頭に甦ってくる。

「あなたたちは鈍感なんだ」と永井は言っていた。「被害者の家族の立場なら、警察の対応には不満だらけですよ」とも言った。それは五年間の苦しみを凝縮した言葉だったのだろう。

警察官として、これまで尾崎はどう行動してきたのか。被害者やその家族を軽んじることはなかったか。遡ってみれば、対応がまずかった場面があったかもしれない。

これは捜査員全員が、真剣に考え直さなければならないことだと思えた。

捜査会議のあと、尾崎がコーヒーを飲んでいると同僚たちが集まってきた。

佐藤はもじゃもじゃした天然パーマの髪をいじりながら、しみじみした口調で言う。

「冷蔵庫に閉じ込められた子供のことを考えると、俺は胸が痛むよ」

彼は紙コップを見つめて、ため息をつく。尾崎は佐藤に話しかけた。

「そういえば、佐藤さんには息子さんがいましたよね」

「……もし自分が永井の立場だったらと思うと、本当に辛い。警察官がこんなことじゃいけないんだろうが、父親として、俺は永井に同情するよ」

その言葉を聞いて、佐藤の相棒・塩谷は眉をひそめた。

「佐藤さん、それはまずいですよ。我々は被疑者にあまり感情移入すべきではなく……」

「ああ、わかってるって」佐藤は舌打ちをした。「だから言っただろう。警察官がこんなことじゃいけないって。それは自分でもわかっているけど、割り切れないんだよ」

「警察官として、初歩の初歩だと思いますがね」

「おまえは冷たいなあ。人間の情ってものがわからないのか?」

佐藤が渋い顔をして尋ねると、塩谷は眼鏡のフレームを指で押し上げた。

「俺にも情はわかります。だからよけいに永井を責めたくなるんですよ」

「どういうことだ」

「息子の調査にのめり込んで奥さんとも別れ、裏社会に入って……。犯罪の経験を積んだって何の得にもなりません。永井は後戻りできない選択をしてしまった。彼は最終的に破滅する道を進んでいったんです。やがて、捕まるべくして捕まった。そんなことで裕介くんが喜びますか？　絶対に喜びませんよ」

「まあ、それはそうだが……」佐藤は口ごもる。

「永井は三人殺害しています。情状酌量されても、死刑になる可能性が高い。死んでしまったら、息子さんの墓参りもできないじゃないですか。それでいいのかっていう話ですよ」

　ふたりのやりとりを聞いて、尾崎は意外に思った。

　いつも冷静で思慮深い印象の塩谷が、珍しく感情的になっている。彼にもまた、過去に忘れられない事件があったのかもしれない。

「お疲れさまです」頭をスポーツ刈りにした矢部が近づいてきた。「ようやく一段落ですね。これで俺たち、ぱーっと飲みに行けますよね」

　矢部は高校、大学で陸上競技をやっていた体育会系の人物だ。学生時代は何かにつけて、部員全員で飲みに出かけていたのだろう。

「周りをよく見ろって」佐藤が彼をたしなめた。「自供を始めているとはいえ、まだ被疑者の取調べは続いているんだ。そんな中でぱーっと飲みになんか行けないだろ」

「じゃあ、ぱーっとはやめて、こっそり行きますか」

「こっそりでも駄目だ。いつか捜査一課が飲みに行ったら、そのあと俺たちも行けるようになるんだよ。気をつかえよな」

「……そういうもんですか？」

「そういうもんだ」佐藤はうなずいた。「それよりおまえ、加治山さんから何か指示されていたんじゃないのか」

矢部はゆっくりと首を左右に振る。

「今度、高田馬場の新陽エージェンシーに行くから、会社関係の資料を揃えておけってことでした。でも最後に『明日頼むぞ』って言われましたから、今日は大丈夫です」

「おい、明日頼むってことは、明日一緒に行くってことじゃないのか？　だとしたら、今日中に資料を揃えておかなくちゃまずいだろう」

「えっ、そういう意味なんですか？　明日やればいいのかと……」

「それは希望的観測ってやつだよな」

まばたきをしてから矢部はうしろを振り返った。幹部席の近くで加治山班長が片岡係長と何か話しているのが見える。かなり込み入った内容らしく、ふたりとも難しい顔をしていた。

「まずいまずい。俺、仕事に戻ります。資料を用意しないと」

挨拶もそこそこに、矢部は急ぎ足で自分の席へと向かった。

それを機に、尾崎もコーヒーのワゴンを離れた。席に戻ろうとしていると、広瀬がひとりで廊下に出ていくのが見えた。急いであとを追う。

広瀬、とうしろから声をかけた。彼女は足を止めて、こちらを振り返った。

「今日は早めに上がってくれ。俺も適当なところで切り上げる」

尾崎は彼女に言った。捜査は一段落している。もちろん気を抜いてはいけないだろうが、すでに被疑者は逮捕され、取調べも進んでいるのだ。

「ありがとう」広瀬は答えた。「そういうことなら、少し自分の仕事をやらせてもらおうかな」

「自分の仕事って……例の、組織内での調査のことか」声を低めて尾崎は尋ねた。

ええ、と広瀬はうなずく。

この捜査本部が設置された当初、彼女は命じられた捜査のほかに、独自の調査を行っていた。子供のころ世話になった知人・豊村義郎の死に疑わしい部分があるということだった。部内の記録に、一部改竄した跡が見つかったのだという。

尾崎は辺りを見回したあと、彼女を連れて休憩室へ移動した。幸い、室内には誰もいない。

テーブルのそばの椅子に腰掛け、彼女と向かい合った。

「俺が口を出すことじゃないかもしれないけどさ」小声になって尾崎は言った。「無茶をしないほうがいいぞ。どうしたって広瀬の行動は目立つからな」

「なぜ？」

「数少ない女性の刑事だし、それに……」

容姿がいいから男性の目を引くのだ、と言いたかったが、本人にはっきり伝えるのはさすがに抵抗がある。

広瀬は少し考える素振りを見せたあと、こう切り出した。

「今回の事件で、私にとって、本当に残念な出来事があったの」

「……それは？」

「菊池班長が殺害されてしまったことよ。あの人は二十一年前、下高井戸事件の捜査本部に参加していた。豊村さんの死に関わった可能性がある人間だったのよ」

えっ、と言って尾崎はまばたきをした。今まで考えてもみなかったことだ。

「君がマークしていたのは菊池さんだったのか」

「そう。協力者にも調べさせていたし、自分からも菊池班長に接近して情報を引き出そうとしていた。不審に思われてはまずいから、自然な形で親しくなろうとしていたのよ。ところが、何も聞き出せないまま彼は殺害されてしまった」

そういうことか、と尾崎は思った。だから菊池の遺体を発見したとき、彼女は拝むこともせず、黙ったままじっと見下ろしていたのだ。

「でも、まだ終わったわけじゃない」広瀬は続けた。「下高井戸事件の捜査をしていた人間はほかにもいる。時間をかけて、情報収集していくわ」

「気持ちはわからなくもない。だが、豊村さんの死の真相を知ったとして、君はどうするつもりなんだ。事実がわかれば満足なのか」

「真相がどうであれ、動揺はしないわ」広瀬は言った。「真実が明らかになったら幹部に話して、世間への公表を求めます」

尾崎は思わず身じろぎをした。

「できると思っているのか？　一介の警察官が言うことなんて、無視されて終わりだろう。……いや、無視ならまだいい。下手をすれば君は上に目をつけられて、嫌がらせを受けるかもしれない。どこかへ飛ばされるおそれもある」

「そのときは、尾崎くんに助けてもらおうかな」

急にそんなことを言われて、尾崎は戸惑った。それは本心なのだろうか。こちらが返事をできずにいると、広瀬は口元を緩めた。

「嘘よ。将来のある尾崎くんに、リスクのあることはさせられない。これは私ひとりの問題だから」

「しかし改竄のことは、可能性があるというだけで証拠はないんだろう？　豊村さんの死に不審な点があるというのだって、確実ではないはずだ」

尾崎の顔をしばらく見つめてから、広瀬は再び口を開いた。

「正義を守るのが警察官でしょう。豊村さんの死のことを、私は放っておくわけにはいかない」

「どうしてそこまでしようとするんだ。自分の立場が悪くなるばかりじゃないのか？」

彼女のためを思って、尾崎は言ったつもりだった。

広瀬はひとつ呼吸をしたあと、右手の指先を額に押し当てた。彼女は眉間に皺を寄せ、痛みをこらえるような表情になった。

「組織の中でいろいろあったのよ。あなたには言えないけど……」

その言葉を聞いて、尾崎は黙り込んだ。

額に指を当てて考えるのは、広瀬が記憶をたどるときの癖だ。彼女には人並み外れた記憶力があり、今回の捜査にも役立ってきた。

だが今、その力は彼女自身を苦しめているのではないか。

おそらく、忘れることのできない出来事が過去にあったのだろう。今でこそ広瀬は中堅捜査員として行動しているが、新人のころは上司や先輩の影響下にあったはずだ。そういう時期であれば、不本意なことを経験させられた可能性もある。パワハラだったのか、セクハラ――あるいはもっとひどい何かだったのか。もしかしたら、思い出すたび吐き気を催すようなおぞましいことだったのかもしれない。

「まさか……君は仕返しするつもりなのか？」尾崎は尋ねた。「相手は上司か先輩か……。ひょっとしたら警察署の幹部だったりするのか？　それは例の豊村さんの問題と関係があるのか？」

広瀬は目を閉じて、じっと考え込むような素振りを見せた。指先で額をとんとん叩いている。だが、やがて目を開いて尾崎のほうを向いた。

「私はひとりでやっていく。証拠を集めて、相手の弱みを握って、自分の目的を果たすつもり。もし私の計画がばれて圧力を受けたり、不当な扱いをされたりすれば辞職する覚悟よ」

「辞めたらそこで終わりじゃないか。結局、何も解決しないだろう？」

「だから、そうならないように気をつけるの。計画がばれないようにね」

尾崎は渋い表情を浮かべて口を閉ざす。腕組みをして天井を見上げたあと、視線を戻して彼女に言った。

「何かが起こってしまう前に、誰かに相談したほうがいい」

「誰に？」

「……相談する相手もいないのか？」

「いないわね」

「じゃあ俺が聞いてやる。状況に応じて最善のアドバイスをする。そうすれば君の暴走は回避できるし、上から圧力を受けることもないだろう」

広瀬は怪訝そうな顔をして、尾崎をじっと見つめた。

「私のために？　どうしてそんなことを……」

「コンビを組んでいるんだから仕方がない。君は俺の相棒だ」

広瀬は何度かまばたきをした。それから「とんでもない」と言った。

「私、あなたのことを相棒だなんて認められないわ。せいぜい、少し仲のいい同僚といったところよ」

「わかった。それでいい」尾崎はうなずいた。「とにかく君の首には、鈴を付けておかないと心配だ」

「人を動物みたいに言わないでよ」

広瀬は尾崎を軽く睨んだ。その顔に、先ほどまでの暗い陰はない。それどころか、わずかに口元が緩んでいるのがわかった。屈託のない、いい表情だ。

まだ相棒と呼べるような関係ではないのだろう。いや、どれほどコンビを長く続けても、彼女は特定の相棒を作らないのかもしれない。おそらく今、広瀬は自分しか信じていないのだ。それでも今日、少しは歩み寄れたのではないかと尾崎は感じている。

窓の外に目をやると、街灯の明かりの中に木場公園が見えた。

春の夜、穏やかな風を受けて、木々の枝がさわさわと揺れていた。

本書はフィクションであり、登場する人名、団体名などはすべて
架空のもので、現実のものとは一切関係ありません。